空
Ⅳ

解谜

空教室

棍汐 著

浙江文艺出版社

图书在版编目(CIP)数据

星辰夜空.Ⅳ,解谜空教室 / 榀汐著. —杭州:浙江文艺出版社,2018.3(2021.6 重印)
ISBN 978-7-5339-5232-7

Ⅰ.①星…　Ⅱ.①榀…　Ⅲ.①长篇小说—中国—当代　Ⅳ.①I247.5

中国版本图书馆 CIP 数据核字(2018)第 048635 号

责任编辑　朱怡瓴　周　佳
封面设计　吕翡翠

星辰夜空Ⅳ 解谜空教室

榀　汐著

出版　浙江文艺出版社
地址　杭州市体育场路 347 号
邮编　310006
网址　www.zjwycbs.cn
经销　浙江省新华书店集团有限公司
制版　杭州天一图文制作有限公司
印刷　浙江超能印业有限公司
开本　880 毫米×1230 毫米　1/32
字数　125 千字
印张　6.375
印数　36001—46000
版次　2018 年 3 月第 1 版　2021 年 6 月第 5 次印刷
书号　ISBN 978-7-5339-5232-7
定价　**25.00** 元

从未被沾染的纯粹（代序）

在陈书缘还没有来到我教的班之前，我就早已听闻过这个孩子的大名和特长。对于这样一个头角峥嵘的孩子，我有隐隐的不安和担忧。

来到我们班的第一天，我简单介绍了一下陈书缘同学，由于没有深入了解，不好拿捏，所以介绍得比较中规中矩。没过多久，也许是出于我对她介绍得过于简单的些许不满，也许是想让我和同学更多地了解她，她主动来找我："宋老师，我要求有一个自我介绍的机会，时间五分钟。""好的，明天的语文课上，给你五分钟吧。"那是一个神奇的五分钟，全班同学和我都被陈书缘同学的表达所吸引：苏轼是我的男神，我的呼吸系统有预测天气的功能，我能看出每个人对应哪种动物，比如我觉得宋老师你很像一头豹子，翟老师像一条微笑的鲨鱼……不过，直到五分钟的自我介绍完毕、全班掌声四起时，她对自己的写作特长和小作家头衔都只字未提，这出乎我的意料，我觉得我正在接触一个十分真实而有趣的陈书缘。

不久后，又有一件小事，让我对陈书缘的好感度进一步上升。应班级绿化布置的需求，每个同学带了一盆植物来，我要求他们都查好植物的习性，取好名字，贴上标签，并细心呵护。陈书缘带了一盆奇特的绿植，带来的第一天就吸引了我的注意，那植物长得酷似一棵绿色的洋葱！我凑近了一看，它有个霸气的学名：虎眼万年青。以后凡是出太阳的日子，我都能看到这棵绿"洋葱"躺在教室走廊的扶手上晒太阳，它的长势越来越好，球茎上甚至长出了"小崽崽"。此后，陈书缘还亲自做了一个大红色的蝴蝶结，扎在了"洋葱"头上。这下这棵绿"洋葱"愈发生动可爱了起来，吸引了过往师生赞许的眼光，我们给它取了个小名——"洋葱妹"。随着我赞美陈书缘的绿植的次数多了，班上很多孩子也学会了在天晴的日子里陆陆续续把自己的植物拿出去晒太阳。陈书缘就是这样在潜移默化中用自己的实际行动感染着周围的孩子。在教师节那天，陈书缘来我办公室："宋老师，这个给你。"她伸手给了我一个半截矿泉水瓶做的简易花盆，里面有一棵迷你绿"洋葱"，她还给它取了个名字——"桃花"。我双手接过这个有趣的礼物，我发觉自己越来越喜欢这个孩子了。

当然，谈到她的写作能力，我真要用"惊艳"来形容。在我们学校里，我所接触过的孩子，有语言天赋的，甚至在全国比赛中拿奖的也不在少数，但第一次读陈书缘的文字，我还是彻底地被她横溢的才气所"俘虏"。拿她自己的话来说："从小到大，我会'俘获'每一位教过我的语文老师的芳心的。"果不其然，我就是其中的一个。第一次读她的文字，是她高中以来所参加的第一次作文大赛——"《中学生天地》杯"作文大赛的作文：《月光是一条永不枯竭的河》。她的文笔纯熟，思想深邃，立意新颖，丝毫看不出这是出自一名学生之手，说是"小作家"还真的不为过。我读后像宝贝一样在办公室里传阅了一番，同事们也赞赏不已。看来我们的"小作家"是名副其实的！

关于陈书缘的点点滴滴，我要说的真的有好多好多。譬如，我发现她是一个几乎不用手机和QQ的孩子；她会在跑操的时候都拿个小本子背单词；她有张整理得井井有条的课桌和一本写得密密麻麻的台历；她会拉着同学共同进步，记事本上会写着——谨记叫醒某某某同学；她会把她国旗下的讲话稿应老师的要求改上十几遍；她会在德国交流生来她家寄宿的时候，虽然每天的陪同活动很多，但是也要认真写完作业再睡觉。她也有苦恼，苦于和数理化凶猛搏斗，苦于字写得不太漂亮，苦于精心设计的班旗没有得到大伙的认可……但我想说，正是由于这样，陈书缘才是一个有血有肉的陈书缘。

还记得陈书缘在《月光是一条永不枯竭的河》中的结尾，也以此来作为我此文的结尾："这才明白，她的纯粹其实从未被沾染。"

宋 婕

2018 年 1 月 14 日

于嘉善高级中学

目 录

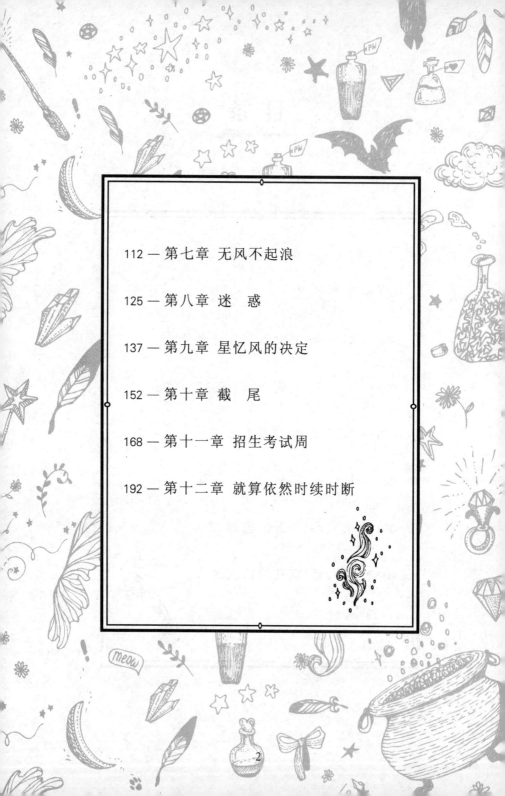

引　子

　　她望向湖面，嬉戏的同学们正撩起水花。过不了多久，她自己也要和湖水融为一体了。她脚步轻快，不时回头望望这美丽的景象，望着翠绿的松柏，望着远处自己度过了三年的教学楼。欢乐的时间总是不嫌多。可是，时间常驻于此吗？

　　为什么她心中沉沉的，像是被什么东西堵上了似的？那大概是她的不甘。她的感觉器官变得灵敏，一切事物都变得神秘而陌生。发梢掠过肩头，那是令她感动的触动。眨眼时轻抚过下眼睑的长长的睫毛，是那么优雅。

　　一瞬间，她惊讶于面前的变化。好似西天的晚霞降临人间，湖面泛起了橘红色的波光。这橘红色的光映照着湖边的树木，使它们卷起枯叶。这哪里是光，分明是红红的火焰，延伸上来的灼热告诉了她。可是在火焰中，同学们依然放纵嬉戏，他们甘愿成为温水中的青蛙吗？她不解。但这不妨碍她的行动，她勇敢地冲向湖边。我来救你们。但面前就像挡了一块玻璃似的，怎么也闯不进去。她只好趴在上面，急切地观望着，同时徒劳地捶打着那堵看不见的墙。

心里是莫名的疼痛。如果可以，让我来代替你们！

她就这么走到了火焰里。她的脚底摩擦着灼热的地面，传来丝丝缕缕的痛感。她没有喊痛，这，也许是她生命中最后的疼痛了。她甚至很享受这一刻。她挤出一个微笑，让全身散在火焰里，就这么熔化吧！

她再也看不到了，再也看不到了！就这样消失吧，从人们的记忆中消失吧！死亡，只不过是又一场冒险。一阵风掠过她的脸颊，她从未感受过这么舒服的风。生命啊，终究是白驹过隙……她的脸上还在笑着，眼里却不禁滑下了两滴晶莹的泪水，瞬间被蒸发。在生命的最后几分钟，她把一切都看得清清楚楚。看吧！你们每一个人。

从高楼上缓步走下来的人们，他们面露惋惜的神色，就像清晨荷叶上即将消逝的露珠。一张开嘴，让人看到的是猩红的舌头："幸存者在哪儿？她应该知道真相。"

哭泣着的一群人是家属吗？有一个人泪眼婆娑，一边哭泣，一边用手指着远方，仿佛那里站着什么人似的："你是预先知晓的吗？为什么？为什么……"

"说不定是独自逃生来不及顾及别人了？"说这话的是谁，从报纸上的只言片语中，你就已经知道了真相？

"男男女女的，搞什么聚餐，不会是争风吃醋引起的吧？"黑暗中，有人露出丑陋的鼻梁，抛下一句风言风语又即刻遁去。

火是有手的，此刻正托着她呢！没有灼热，只有舒缓啊，自己以前怎么就没感觉到呢？她又流下了两滴泪水。死了，会疼吗？该是不会的吧！

　　她艰难地呼吸着，事实上，她惊慌地发现，她现在已经没有呼吸的必要了，就算屏住气，身体也没有感到憋闷。但她还是依靠着呼吸来排除心里的慌乱。她感到自己的重量正在逐渐减轻。她的手脚麻木了，剩下的只是无边无际的伤感。她艰难地转过头，火焰里还是她自己，手已经整个儿消失了，手臂也开始消失，她的裙摆也开始变得透明，她现在只剩下思想了啊！

　　她的人生有什么意义呢？尽管学了魔法，交了朋友，可最终还不是会消失吗？还不是会流失在时光的漫漫长河里吗？她第一次产生这样的想法。她，只是一颗在茫茫宇宙中根本不值一提的渺小的星星。她活着或是死了，宇宙也还是和以前一样啊！她看到了宇宙，看到了自己所在的星系，看到了数以万计的星星。多漂亮啊！可她终究会失去这些美景，就像秋天的枯叶总会被狂风扫去。

　　"救我！"卧室的玻璃窗上突然闪现一片红光。

　　她满头大汗地从床上坐起。厚厚的窗帘遮掩得房里漆黑一片，只有时钟不辱使命地依旧用泛着荧光的指针告诉她，这又是一个无法安睡的夜半时分。

第一章
"女王"觉得很受伤

龙应运被拆穿心思，一脸的窘迫。他看着洛班教室趴满人的窗子，更是尴尬，心中默念：洛班危险值排行第一的洛盈光、危险值排行第五的洛玉诀、危险值排行第九的洛欣岚……天哪，事情怎么会变成这样呢？

柔和的阳光自窗口照入，半张课桌都被光线笼罩。在这个弥漫着水果甜香的九月，高三星班的一切都显得相当恬静。一个浅色头发的女孩单手托腮坐在自己的座位上，原本挂在椅子上的外套不知不觉掉到了地上，可怜兮兮地被卡在椅子腿下，外套的主人却丝毫没有发觉。

女孩突然回过头，大吼一声："星菀轩，过来一下！"然后，她就转过头去维持自己脸上那副极具少女情怀的表情。可是她这么一扭头，夸张的耳环又和头发绕了起来。女孩顾不得维持她自认为恬淡又羞涩的表情，咒骂一声开始理头发。等她终于把耳环和头发分开之后，才发现星菀轩已经站在了她的眼前。

"你找我有什么事?"星菀轩问道。

星菀婷讪讪地去捡自己掉在地上的外套,可是外套被压在椅子底下,她只好从座位上站起来,然后才慢吞吞地捡起自己的外套。最后,她也不忘重新维持一开始的那副诡异表情。这让星菀轩对她的行为感到莫名其妙。

星菀婷回过头来,严肃地对星菀轩说:"星菀轩,我觉得我恋爱了。"

星菀轩的反应倒是很平静,她只说了一个"哦"字。星菀婷急了,她跺跺脚:"你就不想知道对方是谁吗?"

你把我叫过来不就是为了告诉我嘛!星菀轩在心里说。但是她还是很给面子地问了一句:"是谁啊?"

"是比我们低一级的学弟啦!叫龙应运。"星菀婷毫不羞怯地回答。

是的,龙应运。高二龙班的学生龙应运。和广大高二学生一样,这个自诩应运而生、实则运气不好的倒霉蛋,也是洛班"为非作歹"的受害者。上个学期,龙应运在公交车站因为缺零钱坐车,要求洛班的洛奇迹还钱,最终不但没有拿到属于自己的两块钱,还因为洛奇迹哭爹喊娘地摆出一副痛不欲生的样子,他被不明真相的群众围观。如今,他成为了菀婷女王的梦中情人。

虽然星菀婷自称是恋爱了,但是星菀轩一眼就从她那副德行看出来这家伙只是暗恋而已。星菀轩暗地里摇摇头,然后问:"你打算去追吗?"

"你不问问我为什么喜欢他吗?"星菀婷诧异地看向星菀轩。

星菀轩沉默片刻,最终还是满足了她的要求:"那么,你为什么喜欢他呢?"

"讨厌!你怎么能这么问呢?喜欢一个人是不需要理由的!"

不是你让我问的吗?星菀轩在心里嘀咕。然后,她勉强回了一句:"哦,没什么事的话,我先走了。"

星菀婷一把拉住星菀轩的袖子:"你不问问我打不打算去追他吗?"

星菀轩深吸一口气,一字一顿地问道:"你——打——算——去——追——吗?"

"当然打算啦!现在我时时刻刻关注着他的动向,在我能力范围之内,他去哪儿,我就去哪儿!"星菀婷对着窗外的太阳挥舞拳头,一脸志在必得的样子。星菀轩想了想,还是小心地戳戳她的肩膀,小声提醒:"你不觉得你这样很像跟踪狂吗?"

"本王是那么猥琐的人吗?!"星菀婷气势汹汹地逼问道。

此刻正是中午,就在星菀婷对着星菀轩据理力争自己绝对不是这么猥琐的人时,被星菀婷看上的龙应运正鬼鬼祟祟地蹲踞在洛班教室的后门口。这副样子连他自己都觉得奇怪。龙应运所属的龙班和洛班的教室并不在同一层楼上,所以龙应运觉得有点尴尬。至于他为什么要蹲踞在洛班教室的后门口……

"你找谁？"一个声音从龙应运背后传过来。他心里一惊，顿时有一种做坏事被抓到的感觉，回过神来才发觉背上已经出了一层薄薄的冷汗。龙应运回过头来，一个横眉冷眼、嘴里嚼着泡泡糖、一只手斜插在牛仔裤口袋里的女生正看着他。

这是洛班"三奇二绝"之一洛盈光！是洛班危险值排行第一的人物！龙应运心里这么想。不知不觉，背上已经大汗淋漓。

"你找谁？"洛盈光不耐烦地又重复了一遍。

龙应运不好意思地摸摸脑袋："我找洛奇迹。"

洛盈光无所谓似的点点头，直接侧身走进了自己的教室。龙应运直到平复了自己剧烈的心跳、再次往洛班教室门口探头的时候，才发现洛奇迹已经从前门走了出来，站在他的身后了。

相比洛班的大部分人而言，洛奇迹看着实在好欺负。她眉清目秀，带着无奈的微笑，不算很高，背略微有一点驼，一副大病初愈的样子。但是龙应运在心里提醒自己，千万不要被表象蒙蔽了，眼前这个可是洛班危险值排行第六的人物，更何况自己上个学期已经在洛奇迹手里吃过亏了。

洛奇迹能占据洛班危险值排行榜的第六名，确切地说并不是因为她到处借钱不还，而是凭借着她借钱不还的厚脸皮和演技。上个学期龙应运想让她还两块钱，结果她摆出一副

如丧考妣的夸张神情，非常厚脸皮地在公交车站向龙应运又是求饶又是哭诉，搞得龙应运好像一个正在胁迫她的十恶不赦的坏人一样。最终的结果就是，龙应运不仅没有从洛奇迹手里要回一分钱，还被路人们指指点点了好一阵。但是，正是因为洛奇迹脸皮厚又演技好，这次龙应运才来找她帮忙。

"找我有事？"洛奇迹问。

龙应运点点头："有件事我想找你帮忙。"这话说完他就感到如释重负，似乎接下来的一切已经顺理成章了。然而，洛奇迹却问了一句："我们——很熟吗？"

上次在车站把我坑得那么惨，至少也是认识了吧？龙应运在心里这样想。他反问一句："你难道不认识我？"洛奇迹一定是认识他的吧，龙应运这么问洛奇迹，也有一丝开玩笑的意味。可惜奇迹一向不解风情，听到龙应运问自己认不认识他，她立刻茫然地摇了摇头。

"我就是上学期在车站找你还钱，结果被你坑了一把的那个人。"龙应运好心提醒。

洛奇迹依然很是茫然，她坑过的人太多了，难道她都必须一一认识吗？龙应运那档子事，在洛奇迹的借钱生涯中只是无足轻重的一笔，洛奇迹又有一点脸盲，所以她早就忘记有龙应运这号人了。

龙应运无语地盯着洛奇迹的鞋子，似乎在思考接下来该怎么办。最终，他深深吸了一口气，开口道："那我们重新认识一下吧。我是龙应运。"

"我是洛奇迹。"

"我想请你帮个忙。"龙应运单刀直入地说,"这个忙,我找遍了全年级,认为只有你帮得上……"他目光惆怅地望向远方,似乎要开始讲述一个非常非常动听的故事。

可是他的意境却被洛奇迹打断了:"为什么只有我帮得上?你为什么不去找跟你更熟的人?你该不会是暗恋我吧!"

洛奇迹的语气很是无辜,龙应运却脸上一红,急忙解释:"你先听我说完行吗?是这样,我初中的时候有过一个女朋友……"

"什么!你初中就谈恋爱!没有被老师拿来'开刀'吗!"洛奇迹大声打断了龙应运的话,声音极大,走廊上的人都侧过头看向龙应运。

龙应运看到洛奇迹身后,洛班教室的窗子边探出了一个脑袋,明显是有人在偷听。龙应运有点尴尬,又有点畏惧。洛花重,洛班危险值排行第四。龙应运在心中默念。他看看洛花重,压低了声音继续讲:"其实我也不喜欢她,主要是那个时候正好处于叛逆期——你知道是怎么回事,对不?专爱跟爸妈、老师拧着干。可是等我心态摆正、要求分手之后,对方却对我死缠烂打……"

"哦,是真爱!"洛奇迹点评道。声音虽然没有刚才那么大,却足以让一脸兴奋的洛花重听见。

龙应运虽然感到很尴尬,却也没胆子在洛班教室大门口造次,他摸摸自己的胸口试图顺顺气,然后再次开口:"最近这家伙愣是转学转到魔法镇附近了,硬要约我见面,我可

不想被她看见我现在这副单身狗的尿样，一定会被她冷嘲热讽的！所以……"

"哦！原来你要让我去假扮你的女朋友啊！"洛奇迹恍然大悟地说。不知道是不是故意的，她的声音很大。虽然这会儿走廊上没什么人，但是又有三个女生趴到窗边探听龙应运和洛奇迹的对话了。龙应运被拆穿心思，一脸的窘迫。他看着洛班教室趴满人的窗子，更是尴尬，心中默念：洛班危险值排行第一的洛盈光、危险值排行第五的洛玉诀、危险值排行第九的洛欣岚……天哪，事情怎么会变成这样呢？这么多人来围观，他怎么好意思说下去呢？龙应运扶了扶自己的额头，眼下他的额头上满是冷汗。

"这种事情，你更应该找你熟悉的人帮忙啊！"洛奇迹说。

龙应运勉强定下心神，在洛班教室窗口边四双眼睛的注视下厚着脸皮说道："我必须找一个厉害点的角色。首先要镇得住我的……前女友……"

"那你怎么不找我们班长洛玉诀呢？她的强悍气场不是远近闻名的吗？"洛奇迹插嘴。

龙应运担心地看了看窗口的洛玉诀，说道："她……没你好看……"

洛玉诀立刻黑了脸，有这样说话的吗？怎么能在当事人面前比较她和其他女生的长相呢？她现在已经忘记是她自己要跑过来偷听的了，一个劲儿地在心里谴责龙应运。她偷偷对旁边的洛盈光说："这人看似对奇迹有非分之想，洛盈光你下次好好教训教训他!"

以擅长整人占据洛班危险值排行榜第一名的洛盈光气定神闲地点了点头。

此刻洛玉诀的目光又转向洛奇迹,只听见洛奇迹说:"可是我也不是最好看的啊,洛乘风是我们年级最好看的,你怎么不去找她呢?"

龙应运担心地看了看洛班教室趴了一片人的窗口,发现洛乘风并不在场,放心地说:"她不是学霸。而你成绩好,名声响亮,在这些符合条件的人之中又是最漂亮的,所以我来求你帮忙。"最重要的是,洛奇迹脸皮厚,演技好。龙应运在心里这么说。当然,这些话他是不敢当面讲出去的。

听着人家夸自己,洛奇迹当然很高兴。她的微笑更浓了一些,然后点点头,答应了。不过她又补充道:"如果成功了,你可要请我吃饭!哦,不对,请我和洛盈光吃饭!"洛盈光总是替洛奇迹解围,又是洛奇迹的好朋友,洛奇迹有什么好事都不忘记给洛盈光分一杯羹。

龙应运苦笑着点点头,在洛班同学赤裸裸的目光之下灰溜溜地逃回了自己班。谁叫他要面子呢?

这一天是星期二,星菀轩看看新学期编排的值日表,发现这个学期她和星菀婷被分配到打扫空教室的任务。学生会卫生部的人每个星期都会去检查空教室,所以这个任务看似轻松,实际上也并没有想象的那么清闲。毕竟两个人要负责一整个空教室的卫生,想来也不是那么容易。不过好在她们

不需要天天去，依照过去几个学期的情况来看，打扫空教室只要每天去看一看，偶尔打扫一下就可以过关了。

约莫五年前，魔法界的理论体系还没有如今这么完善。现在大家都知道，把十二个同姓氏、同性别、不同星座的人集中起来学习可以发挥出最高限度的魔法力量。但是五年之前还没有这个理论。所以当时的星子魔法高校还是男女混班制，一个班级的同学星座各不相同，姓氏和性别也不一样。那个时候，星子魔法高校的学生比现在要多，每个年级有八到十个班，不过后来新的星座系魔法学校陆续建立，星子魔法高校的生源就减少了，自然就空出了一部分教室。所以看着这些空教室的星菀轩就有点怅惘，不知道那个时候星子魔法高校学生的生活是怎么样的，但是肯定比如今热闹。

吃过晚饭，星菀轩打算叫上星菀婷先去她们负责的空教室打扫一番。当她走到星菀婷的座位边时，却发现一向吊儿郎当的星菀婷正伏在桌面上写什么东西。她该不会是在写作业吧?! 星菀轩的大脑里轰然一响。但是她思考片刻就推翻了这个猜想——星菀婷怎么可能浪费大好的下课时光去写作业呢? 不，这不现实。

那么星菀婷到底在写什么呢?

"星菀婷，你在写什么?"星菀轩站在星菀婷背后，出声问道。

星菀婷似乎是被吓了一跳，她肩膀夸张地一耸，然后快速转过身来。待她看清楚来人之后，就松了一口气:"是你啊! 我在写……呃……写信。"

　　星菀轩看看纸上乱七八糟的字，再联想一下星菀婷刚才的过激反应，得出结论："你是在给你那梦中情人写情书吧！"

　　"你是怎么知道的！"星菀婷窘迫地遮掩起桌子上的信纸，不想让星菀轩看见，"我没有把我要写信表白的事情告诉过任何人啊！"

　　星菀轩对她这种遮掩情书的行为不屑一顾，她认真地告诉星菀婷："你就算不把信纸藏起来，我也看不懂你的字！"

　　星菀婷听到这句话，似是陷入了沉思，不知道龙应运看不看得懂她的字……星菀婷再看看自己的字，更加认识到了这个问题的严重性。她的字本来就不好看，就算端端正正地写，写出来的字也不甚好看。见字如见面，龙应运看到这样的字，对自己的印象一定会大打折扣……也就是说自己的表白成功率会降低！这怎么行呢？！

　　"我们还是先去做值日吧！"星菀轩劝道，"情书你可以在自习课上写，但是我们可不能在自习课上做值日！"

　　一直到做值日回来，星菀婷依然闷闷不乐，因为她想不出可以把自己的字快速变好看的方法。星菀轩劝告她可以把字练好了再写情书，但是星菀婷不依。最后星菀轩还是给她出了个主意：请一个字好看的人帮她抄一遍情书。于是星菀婷就请了班里字写得最好看的星雪落帮她抄情书。为此，星菀婷还特意把自己写的情书端正地誊抄了一遍，以免星雪落看不懂她的字。星雪落很爽快地答应了这个要求，还顺带提

供了两张漂亮的信纸。

当星菀婷拿着自己准备好的情书时，她的心情激动
万分。

张爱玲说"出名要趁早"，星菀婷说"情书要送早"。

前者是说年轻时才能好好享受出名的乐趣，后者则是担
心情书放着放着就丢了，所以还是早点送比较好。

总之，星菀婷决定这个星期天就把龙应运约出去，然
后，真诚地双手奉上自己的情书。在星菀婷的想象中，这一
过程行云流水、一气呵成，丝毫没有半点波折。当她递过情
书并娇羞可人地说"这……这是我对你的全部心意"之后，
龙应运就会说："真是对不起，应该是我先向你表白才对。
因为，我喜欢你的时间比你喜欢我的时间还要长。"……

不过，想象一向比现实要来得"丰满"。星菀婷也是想
到过这一点的，只是她认为，最坏的结果也不过是龙应运拒
绝她的表白。可惜事实证明，星菀婷低估了现实的"骨感"
程度。

星期天下午，星菀婷拿着情书兴冲冲地跑到龙班想要把
龙应运约出来，可是她刚走到龙班门口，却看到龙应运一溜
烟地从后门溜了出去，神情有些古怪。迷惑不解的星菀婷见
状，也急忙跟了过去。星菀婷一路小跑着跟着龙应运来到校
门口，只见龙应运不停地在门口东张西望，似乎在等什么
人。正当星菀婷等得不耐烦，想上前打个招呼的时候，却看
到龙应运在校门口和一个女生会合了，然后两人一起往校外

走去。那个女生就是洛奇迹。

难道龙应运已经名草有主了？星菀婷脑海中警铃大作，她立刻决定，将跟踪继续下去，看看他们俩到底是什么关系——她心中还存着一丝希望，希望这两人只是普通朋友而已。

星菀婷跟龙应运和洛奇迹保持着十米开外的距离，因为街道上人很多，所以被跟踪的两人丝毫没有注意到有个跟踪狂尾随在后方。就这样走了大约十分钟后，星菀婷看见她的跟踪对象走进了一家咖啡厅，坐在了靠墙的位子。星菀婷也立刻跟了进去，就坐在龙应运那桌的前面一桌。因为龙应运压根儿不认识星菀婷，所以不管是他还是洛奇迹都没有对附近的星菀婷产生怀疑。星菀婷装模作样地点了一份这家店里最便宜的蔬菜沙拉，然后就一直屏气凝神，竖起耳朵听着后面的动静。

此刻龙应运和洛奇迹的心态正如战斗前的士兵，紧张而又充满自信。洛奇迹坚信自己的演技足以让龙应运成功摆脱前女友，而龙应运也坚信有着超凡演技的洛奇迹今天一定能帮助他彻底甩掉前女友。只是约定的时间已经过了五分钟，龙应运的那个前女友还是没有来。洛奇迹忍不住问道："喂，你说的那个前女友什么时候来啊？"

龙应运的表情波澜不惊，似乎早就习惯了对方的迟到，他回答："这个人为了彰显自己的重要性，每次都会比约定时间晚来十分钟。"他看看洛奇迹，有点担心地提醒道："待会儿可记住了，我们的表演主旨就是要突出我'现在过

得很好'。"洛奇迹点点头,正色说道:"不过事先声明,我可不提供接吻!"这么一句突如其来的话让龙应运脸色一红,急忙窘迫地说:"怎么可能!"洛奇迹看着龙应运这羞涩的模样,心里很纳闷他初中时是怎么和他名义上的女朋友交往的。她忍不住想象了一下龙应运被一个痞里痞气的女孩子捉弄的场景,居然笑出了声。

星菀婷模模糊糊地听到了后面的动静。她的耳朵先是敏锐地抓住了一个关键词"前女友",可是她不知道这意味着什么。难道洛奇迹是龙应运的前女友?紧接着,她又听到了龙应运说的一句"我现在过得很好"。联系这两条线索和两人说话的语气,星菀婷初步推测他们是要在这里和龙应运的前女友见面。这么说来,洛奇迹是龙应运现任女友的可能性很大咯?星菀婷的心悬得高高的。但她还是很乐观地安慰自己,龙应运带着自己的朋友出来对付难缠的前女友也是有可能的啊!

星菀婷还不知道,她的猜想其实是正确的。龙应运确实是带着自己的朋友出来对付难缠的前女友的。不过,星菀婷自己还是不太相信这个解释。

这时,星菀婷看到门口走进来一个和自己差不多年纪的女生。她很漂亮,个子也很高,穿着打扮时髦得像是一个二十多岁的大人。但是星菀婷从她稚气未脱的脸上看出来,这女孩子不比自己大。很快,女孩就走到了星菀婷的后方,在龙应运和洛奇迹那一桌坐下了。

这就是传说中龙应运的前女友!!星菀婷的头皮一紧,

脸一绷，可是又想到反正这家伙已经和龙应运分手了，就松了一口气。她现在的重点提防对象是洛奇迹，这家伙显然威胁更大！这么一想，她刚刚松下来的气就又提了起来，同时头皮又一紧。

这就是传说中龙应运的前女友？洛奇迹看看龙应运，又看看对面的人。这个前女友身上散发的气质让洛奇迹感到很熟悉——那是一种不良少女的气场，洛奇迹所在的洛班就整天充满了不良少女的味道。那女生身材高挑，就算是坐着，洛奇迹也看得出来这家伙明显比龙应运要高，并且颜值也超过了龙应运。只是她的衣着打扮和脸上的妆容都让她显得——呃，很"不良"。

洛奇迹见那女生的口红鲜艳得像是试卷上老师打的大叉叉，联想到自己素面朝天，心里微微有点遗憾，自己出门前怎么不化个妆呢？多有气势啊！不过她也知道自己不适合浓妆艳抹，她清楚自己的气质里散发着一股大病初愈的虚弱感，妆越浓只能让自己看起来越搞笑。但是，这样的想法岂不是长他人志气，灭自己威风吗？洛奇迹虽然心里有点自卑，却丝毫没有表现出这一点。相反，她学着班里大部分女生的样子，嘴角一撇，眉毛一抬，懒洋洋地靠在椅子上，一只手随随便便搭在桌子上，另一只手插在口袋里。洛奇迹立刻显得强势了起来。

"大家都叫她克瑞西。"龙应运小声对洛奇迹说。

克瑞西？Crazy？洛奇迹笑了笑，这家伙看上去确实挺疯狂的，不知道内心是不是也很疯狂。

　　但是在克瑞西的眼中，对面这两人一会儿说悄悄话，一会儿微笑，明显就是打情骂俏秀恩爱啊！她不觉心中憋了一口气，用目光狠狠剜了洛奇迹一刀，然后对龙应运嫣然一笑："嘿，亲爱的，没有我的日子你过得还好吗？"按照她以往的经验，这么一句话扔下去其威力绝对不亚于重磅炸弹，洛奇迹就算不被呛死，也会被气死。

　　然而洛奇迹还是刚才的表情，整张脸纹丝不动。龙应运又习惯性地脸红了。自己怎么这么不争气！龙应运觉得自己太丢脸了，没事儿总脸红个什么劲儿啊！再说，自己已经下定决心，今天一定要摆脱克瑞西！于是他愣是摆出一副冷冰冰的表情："你把我叫来到底是做什么？"

　　克瑞西看到洛奇迹对自己投放的炸弹丝毫没有生气或尴尬，想要和"情敌"掐架的欲望立刻升腾起来。听到龙应运的话，她干脆地回答道："自然是来看看你咯！"她的话是对龙应运说的，眼睛却狠狠瞪着洛奇迹。

　　洛奇迹终于回应了克瑞西的挑衅："龙应……小运运已经和你一刀两断了，我们现在很幸福，你为什么又要来打扰……"洛奇迹脸不红心不跳地瞎扯淡，脸上换上一副无辜的表情，眼睛里甚至含着泪花。说完这句话，她大概觉得还不够，把龙应运的一只手扯过来抱在怀里，显得相当可怜地说："小运运，她到底是谁……"

　　龙应运的脸又不争气地红了。

　　星菀婷面目狰狞地切着自己盘子里的菜叶。菜叶从片变成条，从条变成末，再从末变成泥。因为切得太用力，小刀和盘子摩擦发出了刺耳的声音。最后，她拿起塑料勺子把菜泥捞了起来，塞进嘴里狠狠咬住——咯嘣！塑料勺子断了。

小运运？很幸福？

星菀婷听不下去了。她现在的心情是复杂的，像是愤怒，又像是失落。总之，星菀婷现在心情不好。

"请帮我拿个勺子。"星菀婷咬牙切齿地对旁边的服务员说，顺手把刚才被她咬断的塑料勺子扔进了垃圾桶。

服务员看看塑料勺子的残骸，给星菀婷拿来了一把不锈钢勺子。

星菀婷拿起勺子，举在眼前，巧妙地利用不锈钢勺子的反射观察着后面的桌子。她在心里为这个机智的举动得意了一会儿。用勺子偷窥，既能看到发生了什么，又不容易被当事人发现。因为龙应运和洛奇迹是背对她坐的，所以星菀婷看不到他们的表情，但是她能清楚地看到洛奇迹把龙应运的一只手抱在怀里！星菀婷的手不自觉地在用力，等她回过神来时，发现不锈钢勺子的柄已经被她捏弯了。

星菀婷拿起勺子放在一边，面部肌肉抽搐着对旁边的服务员说："请再帮我拿个勺子。"

服务员眼神怪异地看看刚才被星菀婷捏弯的勺子，二话不说给了她十来把塑料勺子。

龙应运果然名草有主了！

星菀婷的脑海乱成一片。她接下来该怎么做呢？她的情书还要不要送出去呢？当她把一整盆蔬菜沙拉都切成泥之

后，她突然想通了。她星菀婷一向光明磊落，从不做偷偷摸摸的事情，龙应运已经名草有主，难不成她还要当第三者插足？

太败坏本王的名声了！星菀婷如是想。

星菀婷这是决定放弃龙应运了，然而她的心里还是咽不下这口气，一时间心中回忆起了无数首辛酸的诗词（真是难为了她），搞得她也觉得酸溜溜的。她的情书费了不少功夫才写成，结果居然送不出去！这让她心中无比憋屈。

但其实星菀婷的心中还有一线希望：她只要等待龙应运和洛奇迹分手，不就又可以"东山再起"了吗？于是，星菀婷付了钱，一边走出咖啡厅，一边期待着第二天就传来龙应运和洛奇迹分手的消息。

第二章
论废弃情书的推动效应

常析之则没有急着出去。他捡起地上的信封仔细观察。这信封显得很新，显然和这些奖状并不是同一个年代的东西。他好奇地打开信封，从里面倒出了两张漂亮的信纸。这信纸好熟悉啊……

"这封情书该怎么办呢？"星菀婷苦恼地趴在桌子上。同桌星忆风看着她颓废的样子，提议道："既然人家已经有了女朋友，你也不打算继续追人家了，不如就把情书一把火烧了，祭奠你早逝的初恋吧！"

星菀婷霍然起身："这怎么行呢？！这封情书倾注了我这么多这么多的心血，我可舍不得烧掉。再说，我也没有完全放弃追求龙应运，如果他和洛奇迹分手了，我依然会去追他的！所以这封情书到时候还可以派上用场——总之，不能烧了！"

"那你就留着呗！"星忆风漫不经心地说。

"那么把情书放在哪里呢?"星菀婷犯了难,"首先绝对不能放在别人能接触到的地方,要是被别人发现了那多尴尬;但是也不能挖个坑埋起来,因为如果这样做的话,等到我需要这封情书的时候,我恐怕都忘记把它埋在什么地方了。"

不能放在显眼的地方,也不能埋起来?星忆风想了一会儿说:"那要不你把情书藏起来吧!藏在一个方便拿出来,又只有你知道的地方。"

"可是世界上怎么会存在这样的地方呢?"星菀婷烦躁地抓着自己的头发。

"这个简单!"星忆风点点头,指着教室里一个插着几朵丝袜花的细颈瓶说,"比如说,你可以把写字的纸条卷成卷塞进细颈瓶,但是因为小纸卷塞进瓶肚子里之后会自动松开来,别人就无法把字条倒出来了。这个地方很显眼,但是能想到这个方法的人很少,所以很安全。不过如果你想要把字条取出来的话,就只能打破瓶子了。"

星菀婷茫然地说:"我还是不太懂你的意思。"

星忆风接着说:"再比如,黑板与墙壁之间的缝隙也是一个藏东西的好地方。我们教室里的黑板边角上有些松动,黑板与墙壁之间有一定的距离,你可以把字条塞在这条夹缝中。这个位置并不偏僻,但是很少会有人想到这个地方还可以藏东西,更不会有人去特意查找这条夹缝,所以很安全。"

星菀婷点点头。那么她应该把情书藏在哪里呢?

第二章
论废弃情书的推动效应

教室里？肯定不行！教室里人来人往的，时不时还要搞一次大扫除，情书就算藏起来了，也很容易被人无意之间发现。况且星忆风知道那么多藏东西的地方，如果她想要看自己写的情书，一定能轻而易举地找到……不行，藏在教室里太危险了。

那么藏在自己的房间里又如何呢？可是她自己的房间又没有什么藏东西的好地方。况且，如果她出门时忘记锁门或者宿管阿姨突然要来她的房间里检查的话……那不就很容易暴露了吗？被同学们发现还好说，如果被阿姨发现，她说不定是要向干锅鱼举报的……不行不行，这个方案同样危机四伏。

那么，如果藏在某个空教室里又如何呢？

这个方法好！她只要把情书藏在自己和星菀轩负责打扫的空教室里的某个地方，情书就很难被别人发现。因为空教室仅有的两把钥匙，一把在菀轩手上，另一把就在总务处了。一般来说，总务处的老师是不会进入空教室里查看的，就算进了，也不会刻意去寻找星菀婷藏起来的情书。别的同学因为没有钥匙，所以也进不去。

也就是说，星菀婷和星菀轩负责打扫的那个空教室，只有星菀婷、星菀轩以及总务处的人可以自由进出。星菀轩是自己人，对星菀婷的情书不会造成威胁；总务处的人发现情书的概率也相当低。所以星菀婷得出结论——她应该把情书藏在空教室的某个地方。

午饭后，星菀婷拎着扫把兴冲冲地找星菀轩一起去打扫空教室时，星菀轩感到有点诧异。星菀婷这家伙什么时候爱上了打扫事业？不过这份疑虑在星菀婷告诉她原因之后便烟消云散了。果然，小狮子是不可能这么勤快的，她的最终目的是藏情书。

她们要打扫的是位于四楼的第二间教室。因为不久前已经来打扫过了，所以她们今天的任务就比较轻松。星菀轩悠闲地擦着瓷砖上的浮灰，星菀婷则专心致志地寻找可以藏匿情书的地方。

这个教室里也有一个藏东西的花瓶，可是星菀婷的情书很厚，根本卷不起来，塞不进去。至于星忆风所提到的"黑板与墙壁之间的缝隙"……好吧，这个教室的黑板与墙壁之间根本就没有出现缝隙。那么问题来了——星菀婷的情书该藏在哪里呢？

星菀婷叹了一口气，坐到了第一排第一列离前门最近的那个座位。星菀婷在自己的教室里也坐在这个位子。眼下她累了，也就习惯性地坐到了同样的位子上。

"那把椅子上全是灰尘，我还没擦过！"星菀轩提醒。

听到这句话，星菀婷猛地站了起来，连桌子都被她撞得斜了过去，发出一声刺耳的响声。星菀婷顾不上桌子，因为她刚才站起来之后，发现椅子上确实有着厚厚的灰尘，并且，在一层厚灰中间，还留下了一个干干净净的屁股印！不用想都知道，这屁股印就是她自己刚才留下的！星菀婷怪叫一声，急忙用手去拍自己的屁股，试图把上面的灰尘给拍掉。

星菀轩就站在旁边的窗台上，用一团报纸擦着窗玻璃。她看看星菀婷急得跳脚的样子，提醒道："待会儿别忘了把桌子推回去。还有，你是不是掉了什么东西？"她指着地上的一块白色纸片。

星菀婷连忙捏紧了自己的情书，疑惑地说："我没有掉东西啊！"然后她顺着星菀轩的目光往下看，看见了地上那张白色的纸。奇怪，刚才还没有的。难道是从这张桌子的桌肚里掉出来的？

星菀婷把纸捡了起来。纸被折叠成了一个小方块，颜色已经发黄，看上去已经有点年头了。星菀婷好奇地把这张纸展开。

纸片有手掌大，上面还写了字：

　　记忆的确是一种魔法……

这是什么意思？星菀婷有点摸不着头脑。她把纸翻到反面，反面也写了字：

　　我拥有的魔法是"记忆"。老师说，记忆与记忆之间有着千丝万缕的联系。这些冥冥中存在的奇妙联系，也是魔法的一部分。溯着时间，我们从黎明追逐到黄昏。

"好奇怪啊……"星菀婷嘟囔着，把字条递给菀轩，"你来看看，这纸条上写着字呢！"

星菀轩接过字条，"这张纸很旧了。"她说。星菀轩看完纸上的内容，评价道："这可能是以前的某个学生留下的东西吧！说不定这些内容就是他刚入学时完成魔法测试后的感想。因为这里特意提到了他所拥有的魔法是什么。"

"嗯，很有道理。"星菀婷赞同道。接着，她把字条重新折好塞进了课桌。

星菀轩却从窗台上跳了下来，把字条拿了出来。"我想把这张字条带回去。"她对星菀婷解释。

"你带回去又能有什么用呢？"

"你不觉得这张字条很像是……魔法的序章吗？"

这种文绉绉的话，星菀婷向来是听不懂的。星菀轩看她一脸茫然的样子，解释道："你看，这张字条里提到了'冥冥中存在的奇妙联系'，还写了他拥有的魔法就是'记忆'……这张字条不正是一个遥远的记忆吗？既然它是记忆，那么它会不会也是'千丝万缕的联系'中的一环呢……"

"你算了吧，别跟我讲这些，你既然想要拿回去，那就拿回去吧。"星菀婷不耐烦地挥挥手，她还要继续藏匿她的情书呢！

最终星菀婷把主意打到了墙壁上贴着的一溜奖状上面。这些好几年前的奖状或多或少都有些脱落的迹象，大部分奖状都翘起了角，有几张已经摇摇欲坠。

　　星菀婷走到一张奖状跟前，奖状的右上角已经翘了起来，但是另外三个角还好好的，与墙壁一起形成了一个口袋。烫金的奖状上写着"星子魔法高校首届音乐节金奖"，奖项得主的名字写得有些潦草，星菀婷一时间认不出是什么字。总之她把装着情书的粉色信封通过那个翘起的角塞进了奖状与墙壁之间的空间里。不仔细看还真的看不出什么端倪。就这样，星菀婷藏好了情书，放心地离开了。

　　当她们走出空教室打算回到楼下自己的教室时，星菀婷特意往隔壁的空教室里看了一眼。这个顺序第一的空教室丝毫没有被打扫过的迹象。

　　"隔壁的空教室是常班负责的吧？"星菀婷问星菀轩。

　　"是的。"菀轩回答，"你问这个干什么？"

　　"我只是在想，如果常班全然忘记了打扫空教室这回事的话，这个星期他们班的卫生肯定要扣分了。"星菀婷幸灾乐祸地笑着。

　　当她们回到教室后，星菀轩才猛地一拍脑袋："糟了，我们忘记关窗了！"近几天总是下雨，如果不关窗的话，雨水一定会打到空教室里的。于是，两人折返空教室。

　　可是，当星菀婷再次来到空教室的时候，她震惊了。

　　她藏在奖状后面的情书不见了。

　　忘记关窗的星菀轩和星菀婷前脚刚走，常班的人后脚就来了。的确，他们此前一直没有来打扫空教室。所以眼下抱着一大堆清洁工具的常析之和常记是做好被一整个暑假积攒

的灰尘呛死的心理准备来到四楼的。

"我们班负责的是哪个教室啊？"常析之一边问常记，一边把手里的东西都放到了地板上。这种小事情，常析之向来记不住。

"大概是第一个教室或者第二个教室吧……"常记摸摸脑袋，有点打不定主意。

常析之急忙追问："那么到底是第一个还是第二个呢？"

可是常记也不记得啊！他想了一会儿得不出结论，于是拿出钥匙，说："我们用钥匙试试看，钥匙打得开哪一扇门，我们负责的就是哪一个教室。"说着他把钥匙捅向第一个教室的门锁。常记左拧右拧，花了好长时间也没能打开这个教室。于是他又来到顺序第二的教室门前试探。可是，两个教室的门都没有被打开。

"真奇怪！"常记看着自己手里的钥匙，纳闷道，"班长不是说他为了拿粉笔擦前几天来过空教室吗？既然他能进来，那么那个时候，空教室一定是打得开的啊！"常班的粉笔擦在几天前失踪了，常般若就跑到空教室里借用了一个粉笔擦。

"会不会是第二个教室啊？"常析之用手里的扫把指了指第二个教室，"你看，窗户没关上呢！我们的钥匙打不开门，可能是因为门锁生锈了。班长几天前过来并且发现钥匙打不开门，于是干脆选择了爬窗户——这也正是这扇窗户开着的原因。"

常记点点头："有道理，那我们就从窗户进去吧！"

教室比他们想象的要干净很多。常析之觉得没有什么打扫的必要，就打算做点别的工作。他指着后墙上一排摇摇欲坠的奖状说："教室很干净，不如我们把这些旧奖状撕了吧？"说完他走过去，一把就撕掉了一张奖状。

奖状的背后掉出了什么东西。常析之刚想去捡，就听见常记说："这么干净的教室，我们干脆别打扫了！直接走人得了！我看班长一定是前几天过来时顺手打扫过了。"常记正在爬窗，打算翻出这个教室。

常析之则没有急着出去。他捡起地上的信封仔细观察。这信封显得很新，显然和这些奖状并不是同一个年代的东西。他好奇地打开信封，从里面倒出了两张漂亮的信纸。这信纸好熟悉啊……常析之觉得自己在什么地方看到过这些信纸。最终他想起来了，星雪落似乎有一本课堂笔记本，内页的花纹和这两张纸上的花纹一模一样。

这不会是星雪落的东西吧？常析之好奇地阅读着信纸上的内容。读完之后，他得出了两点结论：第一，这绝对是星雪落的笔迹；第二，这是一封情书。

该不会是星雪落写给他的吧？常析之脸上笑开了花。情书上并没有署名，但是常析之怎么看，都觉得这封情书是写给他的。情书上所描写的那个"单纯""可爱"的男生怎么看都像是自己啊！常析之美滋滋地想着，毫不羞愧地把这些溢美之词贴到自己的脸上。而且，这封情书还透露出一个重要的信息：收信的男生比写信的女生年纪小——这是肯定的，不然情书中怎么会把对方称作"少年"呢？而常析之正

好比星雪落小半个月。

综上所述，常析之推断，这封情书是星雪落写给他的。

"快走啦！"常记在走廊上喊他。

"马上就来！"常析之拿着情书走了。至于为什么这封情书会出现在此时此地，常析之根本没有想过这个问题。

他们回到自己班级所在的楼层时，碰到了行色匆匆的星梣汐。常记点点头表示打了招呼，可是星梣汐却没有像他们预料的那样从两人身边走过。与之相反，她在两人身边停了下来。

"找了你们好久！"星梣汐看看自己的手表，显得很焦急，"草药教室的钥匙是不是在你们那里？"

什么？草药教室的钥匙？这和我们俩有什么关系？常记纳闷着，就听到星梣汐继续说道："你们班打扫的空教室的钥匙在我这里。"她拿出一把钥匙在空中晃了晃。

常记还是没听明白，一旁的常析之却出人意料地听懂了："哦，难道是之前常记摔跤的时候你们两个把钥匙拿错了？"

就在常记和常析之前往空教室之前，不注意看路的常记和一路小跑的星梣汐在走廊的拐角处撞了个满怀。常记的手里抱着一叠准备用来擦窗的报纸和几块抹布，而星梣汐遵循萧老师的要求，抱着一叠作业本打算放到草药教室。这么一撞，星梣汐的作业本没什么大碍，倒是常记的报纸和抹布被撞得到处都是。星梣汐觉得自己有错在先，就放下了手里的作业本和草药教室的钥匙去帮常记捡东西。而常记掉在地上的东西中也包括了空教室的钥匙。大概是在这个时候，两人手里的钥匙就调换了。这也就是为什么常记当时打不开空教室的门。

两人把钥匙换了回来，星梜汐暗自松了一口气，抱着作业本往草药教室快步走去。

萧老师已经在草药教室的门口等候多时了。她本来以为星梜汐会先一步到达这里，所以才把钥匙交给她。没想到星梜汐拖了这么久。

星梜汐结结巴巴地解释说自己半路上把钥匙弄丢了，说着她把手里的钥匙递给了萧老师，正打算走，却被萧老师叫住了。

"我还有一叠作业本需要你搬回去。"萧老师说，"所以先等等。"

不过出人意料的是，草药教室的门刚一打开，星梜汐就震惊地发现，一个火球正从教室里飞出来。

萧老师似乎已经习惯了这种场景，她眼疾手快地把星梜汐拉开。火球在星梜汐的身边擦过，吓得她汗毛倒竖。她过了一会儿才回过神来，跟着萧老师走进了草药教室。

教室的角落里摆着一个比浴缸还大的花盆，花盆里种了一棵一拳粗、一米高的树。树的叶子是鲜红色的，呈心形。树上开着几朵粉红色的花，每一朵花都跟梜汐的脸差不多大。此刻，每朵花的花蕊位置都正在酝酿一个火球，火球有大有小。

"这是——特洛斯奇！"星栀汐目瞪口呆地看着这棵树，回头看看萧老师，"萧老师，你是怎么搞到的？这不是很少见的品种吗？"

栀汐预习的时候在草药课本的后面看到过这种植物。特洛斯奇是特洛斯塔的变异。特洛斯塔是一种常见的魔法植物，形态和特洛斯奇别无二致，只是叶片是绿色的，并且也不喷火。一棵普通的特洛斯塔，如果在结果期经受过一场有人死亡的火灾，它的果实就有一定概率瞬间成熟。而这些瞬间成熟的果实，就是变异植物特洛斯奇的种子。特洛斯奇无法结果，只能以这种方式出现。

萧老师把一叠作业本放在栀汐的手上："嗯，确实很少见。是我曾经教过的一个学生给我的。"

栀汐看看手里的作业本，突然抬起头来："萧老师，你还有多余的种子吗？我也想种！"

"种子我确实还有。我那个学生给我的那些种子中，有一颗变异的种子。"萧老师从桌子上拿起一个小的密封袋。"特洛斯奇本来就是变异的植物，所以这颗种子，可谓是变异中的变异！这颗种子的不同之处就在于，它种出来的特洛斯奇体形很小，最多只能长到这么大——"萧老师用手掌比画了一下，"大约就只有两个手掌这么高。普通特洛斯奇的每朵花每天都能喷出一个大火球，就像你刚刚看到的那样，但是变异特洛斯奇的花每隔一个小时就能喷出一个拇指大的火球，并且很快消失。所以是非常安全的。你要是诚心想种，我就把这种子给你。"

"嗯！我是诚心的！我一定会好好养它的！"星棋汐发誓，"如果我照顾不周，就——就让我期末考试考年级倒数第一！"

萧老师笑了，把装了种子的密封袋放在星棋汐手上，并且把种植的技巧和方法都告诉了她。萧老师特别强调了一定要准备一个大花盆，因为特洛斯奇的根系很发达。萧老师只要一谈到药草，就像是谈到自己的孩子，显得无比慈爱。

几天后，星棋汐突然问同桌的星墨尹："你有花盆吗？"

星墨尹发现星棋汐的手里捧着一个装满湿棉花的玻璃瓶，瓶子里有一棵生机勃勃的小苗，耸耸肩："你这是要种什么东西啊？"

"前几天跟你讲过的啊，萧老师给了我一颗特洛斯奇种子，很少见的呢！"棋汐高兴地指着小苗，认为拥有这么一棵少见的植物是一件非常值得骄傲的事情，"而眼下我成功地把它种了出来。"

星墨尹说："我们教室里不是有很多空花盆吗？"

星棋汐看看窗台上的花盆，说："但是那些不够大啊！萧老师说了，特洛斯奇的根系发达……"

"得了！别扯这些理论知识了，反正我也不懂。告诉我，你需要多大的花盆呢？"星墨尹不耐烦地打断了她。

"大概比我们班大扫除用的水桶大一点吧……"

"……呃，不好意思，我好像……帮不上忙。"星墨尹对

着教室角落里的大水桶比画了一下，无奈地摇摇头。

星棂汐也苦恼地叹了一口气，她上哪儿去找那么大的花盆呢？这时她感到有什么东西正在戳她的后背。星棂汐转过身去，看见后排的星菀轩正用一支笔戳她的背。

"我记得空教室里有一个很大的花盆，不如我去帮你找来？"星菀轩说。

第三章
幸好没署名

　　星雪落无语。她思考了一下，发现现在这局面，可以拯救她的全校似乎就只有一个人了。想到这里，星雪落看向星忆风的方向，当星忆风与她对视的时候，星雪落对星忆风做了一个口型。星忆风恍然大悟地退出人群，去帮星雪落搬救兵了。

　　"你去拿花盆就够了，干吗把我叫上啊？"星菀婷一边抱怨，一边跟在星菀轩的后面，往空教室走去。

　　"花盆太大，我一个人搬不动。"这么说着，星菀轩用手里的钥匙打开了空教室的门，走了进去，顺便解释道，"棂汐要种特洛斯奇，所以需要一个很大的花盆。"

　　空教室的窗台上摆着一个大到能够让星菀轩双脚站立进去的花盆，花盆上画着铁树图案。这个花盆原来可能是种铁树的，星菀轩想。

　　花盆里的土壤很少。

　　土壤那么少，栾汐怎么种树呢？星菀轩决定发扬"帮人帮到底，送佛送到西"的精神，帮栾汐在这个花盆里填满土壤。她看到旁边还有许多花盆，都没有种植物，于是打算把这些空花盆里的土装进大花盆。她把坐在讲台上晃着双腿的星菀婷叫来，一起填装土壤。

　　星菀轩先是把一个小花盆里的土都倒进了大花盆，不过这显然只是杯水车薪。于是她干脆搬来了一个比较大的花盆，打算把里面的土全部倒进去。

　　较大的花盆里是松软的泥土，连一点植物残骸也没有，似乎在这间教室人去楼空之前就已经闲置了很久。这倒方便了星菀轩，这样的土很容易就能倒出来。星菀轩费力地搬起花盆，向下倾倒。当泥土倒出一半时，星菀轩发现眼前有一个白色的东西一闪而过，掉入了大花盆。她虽然视力不好，但是颜色的区别她还是看得很真切的。于是星菀轩放下手里的花盆，往大花盆里看去。她拨开大花盆中最上层的、刚刚倒进去的浮土，看见了一张装在塑料袋里的明信片。塑料袋看上去很旧了，星菀轩轻易地撕开了塑料袋，拿出了里面的明信片。明信片上有水墨风景画的图案，也许是因为外面套着塑料袋的缘故，明信片保存得很好，看上去很新。不过通过这破旧的塑料袋和这间教室四五年没人的历史，星菀轩推断，这张明信片也已经在泥土里埋了好几年了。

　　她当即把星菀婷叫来，等到星菀婷过来站在她身边的时候，她才把刚才的事告诉了她，并把明信片翻到反面，想看看明信片上写了什么。

明信片上的字很小，菀婷和菀轩都不由自主地把脖子往前伸了伸，这才看清楚上面的字迹。

不知道这张明信片被别人发现是什么时候……你们能看到这些文字，也是缘分吧！我是星子魔法高校搬迁后的第二批学生，(2) 班的，我叫陶简凝。我的魔法是"记忆"。记忆的旅程就从这里开始。请按这里。

旁边画了一个椭圆形，正好够让一个指腹按上去。可是星菀轩没有急着照做，因为下面还有文字。

这里也没有什么重要的内容。因为我才刚刚开始学魔法，记录下来的记忆只有画面，没有声音。请见谅，我以后会努力学习魔法的！其实我也只是一时兴起地把这些日常琐事记录下来，并且藏得很隐秘。若是以后我一直用魔法把自己的记忆隐藏在教室的各个角落，那么等日后毕业了再回来我——回顾自己的高中生活，也会很有趣吧。

星菀婷疑惑地看着明信片，说："写这明信片的家伙真是个奇怪的人。没事写一张明信片，还把它埋起来……"

"这个叫陶简凝的说不定只是无聊而已。"星菀轩说，"况且，我总觉得这张明信片和上次你捡到的那张字条是有

联系的。"

星菀婷一拍脑袋："对哦！我记得上次的字条上写着什么他拥有的魔法是'记忆'之类的内容，这张明信片上也说他的魔法是'记忆'。这两段文字一定都是这个叫陶简凝的人写的！"

星菀轩点点头："而且，这张明信片上的字迹和上次那张字条的字迹也很相似，应该都是陶简凝写的。我猜这教室里一定还有他留下的字条。"

"那我们去把它们都找出来吧！"星菀婷干劲十足。

星菀轩摇摇头："不，我觉得这种事情不能刻意去做。其余的字条在合适的时候自然会出现的。"星菀轩把明信片贴到自己的脸上，闭上眼睛似乎在感受什么。半晌，她睁开眼睛。"这张明信片上真的有微弱的魔法磁场！"她指着明信片上的那个椭圆，"明信片上说，按这里就能开始记忆旅程，那我们不妨试试。"说着她把手指按了上去。

眼前老旧阴暗的教室突然变得明亮，窗户干干净净的，雪白的后墙上还没有贴上奖状。教室里还突然出现了许多学生。星菀婷和星菀轩都吓了一跳，不知所措地站在原地。可是周围的人似乎都没有看见她们，自顾自地走来走去。星菀轩试探性地用自己的手去摸旁边的一张桌子，可是她的手却直接穿透了桌子。

"这就是陶简凝同学的记忆？"菀婷一脸诧异地问菀轩。

星菀轩难掩脸上的惊讶，点了点头："应该是了。"

教室里的同学有男有女，他们有的在座位旁聊天，有的在讨论学习问题，只是这环境像是被按了静音键，什么声音也没有。想必是陶简凝当时的魔法能力还只能记录画面的缘故。星菀轩联想了一下星子魔法高校的校史，对星菀婷说："我们是第七批，陶简凝是第二批，这时候大概是七年前。"

不过教室里的人那么多，陶简凝又是哪位呢？菀轩想着，朝四周张望。可还没等她看清楚，眼前阳光明媚的教室就消失了，取而代之的是菀婷和菀轩负责打扫的那个灰暗、破旧的空教室。

星菀轩突然有些感触，情不自禁地捏紧了手中的明信片。

两人搬着花盆走出空教室的时候，星菀婷突然一激灵："我好像忽略了一件更加重要的事！"

星菀轩歪着头想了想，说："我知道了，你失踪的情书还没找到呢！"

此刻，星菀婷的脸色已经很难看了。这是很自然的，任谁发现自己写的情书不知所终了，都会着急的。星菀婷担忧地看看星菀轩，说道："如果有谁捡到了这封情书并且大肆宣扬的话……那岂不是全校都知道我喜欢龙应运啦？那本王的一世英名不就毁了吗？"

星菀轩安慰她："你写情书的时候，不是根本没有在情书里提到你或者龙应运的名字吗？就算别人捡到，也不知道是谁写给谁的！"

星菀婷想想也对，稍微放心了一点儿。但她还是比较郁

闷，她花了那么大的心血写成的情书居然就这么丢了！如果以后龙应运和洛奇迹分手了，那她岂不是要重新写一封情书？

她的情书到底去哪儿了呢？

当晚，星菀轩回到自己的房间里的时候，她就从床头的抽屉里拿出了上次的那张字条，和明信片并排放在一起。星菀轩想了想，又从自己的书包里拿出了一本很大的线圈本，把字条和明信片一上一下夹在里面。她是按照发现的时间顺序来排列的，字条在上，明信片在下。星菀轩想了想，又谨慎地用铅笔在字条和明信片的空白处标上了日期。

熄灯时间快到了，星菀轩关了灯躺在床上，脑海中不断回放着那段陶简凝的记忆。虽然她在魔法界已经生活了两年，但是这种奇妙的事情她还是第一次体验到。陶简凝应该是一个很有趣的人吧，会想到把自己的生活记录下来，这种闲情雅致可不是谁都有的……想着想着，星菀轩就睡着了。

夜里她做梦梦见自己期末考试考了零分，吓得一下子醒了。她看看钟，发现现在比自己设定的起床时间还早了半小时。星菀轩反正也不困了，就穿戴整齐去吃早饭。

可能是因为时间太早的缘故，食堂里的人寥寥无几。星菀轩没有逗留的兴趣，吃完早饭就早早来到了教室。她像往常一样打开书本，开始预习今天要学的内容。在她预习的时候，同学们也都陆陆续续地来了，新的一天平静地开始了——直到中午。

当星菀轩和星菀婷完成每日例行的空教室检查之后，两人就折返教室。可是不知道为什么，走廊上挤满了人，并且人群的中心似乎是星班。人群中的每个人都竭力朝里面张望，还一脸兴奋地贼笑。

星菀婷和星菀轩在常班门口就被堵住了。前面的人太多，她们根本过不去。她俩很好奇这群人到底为什么挤在这里，不过她们的疑惑很快就得到了解答。

"常析之！我根本没有给你写过情书！"这是星雪落的咆哮。

菀婷的反应比较慢，听到这句话，她隐约感觉哪里有点不对，但是也想不出来。星菀轩愣了一秒钟就反应过来了："你的情书不会是被常析之捡到了吧？"星菀婷的情书没有署名，又是星雪落的笔迹，如果被常析之捡到了，他大概会很自恋地认为这是星雪落写给他的。

星菀婷一拍脑门，"哦"了一声，明白了。然后，她一脸好奇地朝里面张望着，对菀轩说："菀轩，你带我瞬移进去吧！"

只带一个人，瞬移这么短的距离，星菀轩还是办得到的。于是她拉起星菀婷的手，一下子就瞬移到了星班的教室里，然后趴在窗前看热闹。常析之手里拿着的，确实是星菀婷失踪的那封情书。

此刻，星雪落正在声嘶力竭地辩解这不是她写给常析之的情书，这是她替朋友抄写的。但是，她的话显然没人相信。星雪落帮忙给菀婷抄情书的事情只有星雪落、星忆风、星菀婷、星菀轩四个人知道，就连班里其他同学也都是不知道的。此刻大家正津津有味地看着热闹，谁也不出去帮星雪落解释——不是因为同学们太冷漠，而是因为她们也都不知道真相。在这种情况下，大家都选择了围观。而知情者星忆风则觉得，在这种情况下，如果她去解释，事情一定会更糟糕，所以她也不打算解释。

星雪落都快气死了。

这封情书的确是她帮助菀婷抄写的，她也说明了这一点，但是同学们显然不相信。为了保守菀婷的秘密，她又不好明确指出这是星菀婷写给龙应运的，但是她藏着不说，更引来了围观群众的怀疑。常析之也满心以为这是星雪落写给他的情书，用充满期待的眼神看着她。星雪落百口莫辩，干脆不再说话了，双手交叉抱臂，瞪着常析之。旁边围观群众的窃窃私语也在此时传入了她的耳朵。

"我看这情书确实是星雪落的字迹呢！"在常析之发现情书后第一个看过情书的常记严肃地宣布道。

"但星雪落为什么不承认呢？"这是南安之的声音。

常记自作聪明地解释："星雪落的为人大家又不是不知道，她要面子，肯定不想当众承认嘛！"

"就是就是！"天晴海附和道，"换作是我们，也会不好意思承认的，不是吗？"

南安之似懂非懂地点点头。然后，大家不约而同地奸笑起来。

　　星雪落真想冲过去把这群人挨个儿打一顿，但她最终只是用眼神剜了那群造谣的人一刀，试图继续解释："常析之，难道你不相信我的话吗？很显然，你不相信，那么，你的意思是我星雪落是个骗子咯？"

　　常析之伶牙俐齿地接道："就算你是骗子我也不嫌弃你！"这货理解错了重点。

　　星雪落无语。她思考了一下，发现现在这局面，可以拯救她的全校似乎就只有一个人了。想到这里，星雪落看向星忆风的方向，当星忆风与她对视的时候，星雪落对星忆风做了一个口型。星忆风恍然大悟地退出人群，去帮星雪落搬救兵了。星雪落一边僵持着局面，一边期待地看着忆风离去的方向，希望她能早日把救兵搬来。

　　"你又怎么能断定这封情书是星雪落写的呢？"

　　终于，星雪落听到了这个她期待已久的声音。洛花重跟在星忆风后面大摇大摆地走进了包围圈，站到了星雪落的身边。是的，洛花重！这个以三寸不烂之舌占据洛班危险值排行榜第四位的人！

　　洛花重说："你是怎么判断这封情书是谁写的呢？"她目光犀利地看着常析之。

　　"因为情书是星雪落的笔迹啊，并且信纸也是她的！"常析之理所当然地回答道。

　　"那么你有没有想过，星雪落可能真的只是在帮助别人抄写情书呢？你为什么不相信这个理由呢？"

常析之想了想，说："因为直觉。"

就当大家都以为洛花重接不了话的时候，洛花重却很快又再次开口了："你不相信星雪落说的话，说明你不信任星雪落。你既然不信星雪落，那你有什么资格喜欢她！"

"难道喜欢一个人就一定要信任她吗？"常析之反问。他难得的反应快让常班的同学们齐刷刷地为他鼓掌。

"你当然可以在不信任一个人的基础上去喜欢她，但是这样她会喜欢你吗？"

常析之恍然大悟，过了一秒，他就高声宣布："对！落落说的都是对的！这情书一定不是她写的！"然后，他露出一副自认为充满深情的表情，对星雪落说："落落！不管发生什么，我都站在你这一边，我信任你！"

围观群众以一种看完连续剧大结局的心情心满意足地鼓起了掌。

成功逃过一劫的星雪落如释重负地长吁了一口气，握住洛花重的手："太感谢你了，洛花重！"洛花重却没有像星雪落想象的那样笑着接受星雪落的感谢，相反，洛花重尴尬地抽回了自己的手，不好意思地说："你不用感谢我，我来帮助你也是有条件的。"

星雪落一愣，问道："什么条件？"她看看星忆风："星忆风，你答应了？"

星忆风点点头。

洛花重解释道："事情是这样的，前几天我们全年级学变形的同学共同筹钱买了一只大白兔，养在实验室里。每个班每天都会派人轮流去照顾大白兔……"

"你们居然闲着没事在实验室里养兔子?"星雪落感到十分诧异。

洛花重摇摇头。"我们不是把它当作宠物养的。我们是养来练习变形的。因为教变形的老师说过,如果有同学可以成功地把大白兔变成猫,那么无论他考试成绩怎么样,老师都会在成绩报告单上给他'优秀'。所以我们全年级二十四个学习变形的同学就买了一只兔子放在实验室里,用来练习。但是昨天,这只大白兔不见了。除了我们班,全年级的其余同学都觉得是我们班的洛感之把兔子给吃了。"洛花重愁眉苦脸地继续说,"因为那天正好是洛感之去照顾兔子,并且……"

"并且什么?"星雪落追问。

"并且洛感之当晚还叫了外卖,其中有一份菜就是兔肉……她当时抱着一盒兔肉,边走边啃,还溜达到其他班去分给他们吃……于是当第二天大家发现兔子不见了的时候,大家都觉得是洛感之把兔子吃了……"

"你们没有解释吗?"星忆风插嘴,"洛花重你不是很擅长斗嘴吗?"

洛花重无奈地笑道:"我也没办法啊,可是这件事实在是太巧了。大白兔不见了,恰巧洛感之又在当晚吃兔肉……其实最主要的原因还是别人都不信任我们洛班。他们认为洛班的同学都是一票烧杀抢掠的女魔头,洛班所说皆为谎言,我们就算解释了他们也不会相信,因为他们觉得洛班的证词

不可信。"

星雪落又问："既然你们都解决不了，凭什么认为我们能解决呢？"

"在你们的帮助下，我们班上个学期成功触发并完成了期末免考项目，"洛花重说，"并且半仙洛玉霜也觉得你们可以帮得上忙。"

星雪落回想了一下上个学期的事情。其实她们并没有帮什么忙，主要是洛班班长洛玉诀在一个劲儿地往星班凑，说是要学习星班的作风。实际上，星班的同学并没有做什么。

"我们要怎么帮你们呢？"星忆风问，"难道要让我们帮你们做证吗？"

洛花重说："洛感之承认，自己那天喂完兔子之后，因为上课时间快要到了，所以急急忙忙就赶回了教室，忘记关兔子笼和实验室的门了。现在兔子不见了，我们猜测兔子一定是跑掉了。只要找到失踪的大白兔，就能证明洛感之的清白了。"

第四章
洛班没吃大白兔

同学们彻底慌了，星榠汐赶紧飞起来扑向那只邪恶的大白兔。大白兔被星榠汐吓到了，一时忘了咀嚼嘴里的叶子。不过这狡诈的兔子很快就反应了过来，幻化出十几只一模一样的大白兔一蹦一跳地朝着四面八方逃去了。

"看吧，沉寂惜，贾崇果然为了留在学校观察流星雨而放弃了去看演唱会。"萧老师正在自己的草药教室里打电话。九月的天气依然闷热，萧老师种满花草的草药教室显得格外阴凉。"……那家伙虽然很爱凑热闹，但是他怎么会为了演唱会而放弃用学校的天文望远镜观察流星雨的机会呢？"萧老师一边说，一边从椅子上站了起来，在教室里踱步，"愿赌服输，你说过如果你输了就给我送烤肉来……"

窗外突然传来一阵嘈杂的脚步声，萧老师皱皱眉，走到窗前，十来个女学生正在朝着同一个方向狂奔。

都多大了，还跑来跑去的！萧老师想，然后继续跟沉老师谈论打赌的事情。

"我保证我刚才真的看到了一只大白兔！"星榇汐一边飞，一边回头说，她是为了"帮助洛班洗刷冤屈"才加入大白兔搜捕队的。

"但是大白兔在哪里呢？"因为受到洛花重的帮助而不得不加入搜捕队的星雪落上气不接下气地落在队伍的最后，用尽最后一丝力气吼道，"你一会儿说大白兔在这边，一会儿说大白兔在那边，可是我们根本没有看到大白兔的影子！"

最擅长跑步的洛欣岚一直以绝对的速度优势跑在飞翔的星榇汐前方，此刻她回过头来正色道："我刚才也看到大白兔了！大白兔往左边跑去了！"

"既然是这样，那我们就——"大白兔事件的主角洛感之同学朝着天空挥舞了一下拳头，"冲吧，我们去左边看看！"

可是跑在最前面的洛欣岚刚刚拐上左边的路，就一下子刹住了脚步。

"怎么啦？"星槿熙凑上来问。星槿熙是星班跑步最快的，但即使是她也被洛欣岚远远甩在了后面。此刻她小跑上前，追上了突然刹车的洛欣岚。

洛欣岚苦笑几声，说："我们好像去不了……因为那里是萧老师的药草园……"

　　跑在后面的同学都愣了一下，大家都知道，教草药课的萧汶老师热衷于种植各种药草，平时上萧老师的草药实践课时，所有学生都小心翼翼，生怕伤害了任何一株药草。就算是把头发掉在药草上，萧老师都会很不高兴的。萧老师的私人药草园里都是她的宝贝，谁要是敢践踏里面的一块泥土，都会被萧老师臭骂一顿。所以全校同学一直以来都把萧老师的私人药草园当成禁地一般的存在。

　　星槿熙朝药草园里张望，看见了一只肥肥的大白兔蹲在药草园的中间，两只小眼睛贼亮贼亮。那正是失踪的兔子。其他同学也看到了，但是谁都不敢进去抓兔子。如果被萧老师发现……想到这里，大家不禁打了一个寒战。

　　星棂汐咬咬牙，站了出来："不如就让我去吧！我可以飞过去。"

　　"不！让我去吧！这场纠纷毕竟是我引起的！我怎么好意思再让你们星班涉险！"洛感之悲壮地望向那只肥兔子。

　　"还是我去吧！"一直没有发话的星梦渲此刻站了出来，"我可以用时间停止抓兔子！"

　　大家正在为星棂汐、洛感之、星梦渲的牺牲精神而感动的时候，洛班班长洛玉诀又发话了，她义正词严地说："你们已经帮了我们很大的忙了……毕竟这场混乱是洛班引起的，就让我们来终结这一切吧！"说完，她把悲壮而决绝的目光投向萧老师的药草园。可是下一秒，洛玉诀就惊恐地张大了嘴巴："大白兔不见了！"

　　此话无疑是平地一声惊雷，大家都纷纷扭头看过去。刚

才还蹲在药草园里的大白兔这会儿又不知道跑哪儿去了。

好不容易找到的大白兔居然又失踪了，大家都觉得很是懊恼。刚才她们怎么就瞎扯了那么多废话呢？如果她们不扯那么多废话，说不定现在她们已经抓住大白兔了！不过大白兔再度失踪的事实是无法更改的，现在她们唯一能做的就是继续寻找大白兔。

星菀轩和星菀婷也在搜捕大白兔的队伍当中。星菀婷加入纯属无聊，星菀轩则是被无聊的星菀婷硬拖来的。不过眼下星菀轩有点不耐烦，因为她们找大白兔已经找了很久了，但是却连大白兔的毛都没摸到一根。原本凭借她们的魔法，去抓一只大胖兔子并不是什么困难的事情，但是这大白兔不同于普通的兔子。

洛班所属的第八批学生是为了练习变形才买来这只兔子的，并且，到目前为止还没有人成功把兔子变成猫。所以通俗地说，这只兔子目前就是一个生化实验失败品。这只胖胖的大白兔在同学们坚持不懈的实验之下发生了一些……基因变异。实际上，在几天前高二白班的某个学生无意中把兔子变成了一只长着兔子尾巴的老鼠之后，这只被变形老师重新变回兔子的兔子就拥有了一个新技能——分身。于是，每当大家就快追上兔子的时候，它就会幻化出好多只一模一样的兔子向四面八方狂奔而去。这些兔子中，只有一只是真的兔子，其他的都是幻影，但是它们的外表看起来没有任何差别。再加上这胖胖的大白兔刁钻狡猾得很，你一旦把视线移开，就再也找不到它的踪迹了。

　　"在那儿！"星忆风突然大喊，手指着萧老师的药草园。大家顺着她的手指看过去，大白兔并没有跑远，它此刻正躲在药草园的树丛后面，慢条斯理地嚼着旁边植物的一片叶子。学习草药的星忆风、星菀轩和星椝汐立刻倒抽了一口冷气，三张脸被吓得煞白。

　　"怎么了？"星菀婷好奇地问道。

　　星菀轩解释："兔子正在吃的那棵草，可是萧老师的宝贝！我常常看到萧老师一脸亲切地蹲在这棵药草边给它放音乐，跟它讲话——这一定是一棵珍贵的药草！"

　　"这是湿地无花兰！"椝汐着急地补充。

　　"很名贵的品种，据说十年才能开一次花，而且，今年正好就是那棵湿地无花兰的花期！"星忆风说。她一脸紧张地看看那只兔子，随即稍稍松了一口气："还好，至少它没有把那朵花蕾给吃了。"

　　说罢，星忆风就再次惊恐起来，她惶恐地看着那只兔子，兔子那邪恶的大门牙正在向那珍贵的花蕾逼近！同学们彻底慌了，星椝汐赶紧飞起来扑向那只邪恶的大白兔。大白兔被星椝汐吓到了，一时忘了咀嚼嘴里的叶子。不过这狡诈的兔子很快就反应了过来，幻化出十几只一模一样的大白兔一蹦一跳地朝着四面八方逃去了。

　　"分头追！"刚才还嬉皮笑脸的洛玉诀立刻严肃起来，目光凛冽地一扫，大家一瞬间都被她的气势给镇住了。"好不容易才找到，可别让它跑了！"她命令道。大家立刻四散奔跑开去。

星菀婷和星菀轩追着一只兔子跑了过去，兔子左蹦右跳。菀轩虽然拥有瞬移的能力，但还是抓不住这只兔子。星菀轩觉得她们应该把兔子逼到墙角，这样才比较好抓。她们也确实这么做了。可是当她们把兔子逼到楼梯间的时候，兔子却敏捷地蹿上了楼梯。星菀轩立刻跟上，星菀婷紧随其后，两人跟着兔子从一楼一直跑到了四楼。因为星菀轩可以带着星菀婷一起瞬移，所以这两个人跑得也不算很累。

兔子跑到四楼之后就不再试图上楼了，它蹦到四楼的走廊上，然后从一扇没有关上的窗子钻进了一间空教室。星菀婷一看，这正是她和菀轩负责打扫的教室啊！星菀婷心想这太巧了，就打算翻窗进去抓兔子，认为这是一个瓮中捉鳖的好局势。可是当她打算招呼星菀轩和她一起翻窗的时候，星菀轩却满脸怒容地看着她。星菀婷被看得莫名其妙，好奇地问："菀轩你怎么了？"

"你居然又没有关窗！"星菀轩瞪视着星菀婷。

星菀婷讪笑着摸摸自己的后脑勺，她似乎已经不止一次忘记关窗了，但她很快就转移了话题："但是现在的重点是，我们必须找到那只大白兔，不是吗？"神经大条的星菀婷跟同桌星忆风相处久了以后，也学精了点，不然凭她的情商，是绝对想不出转移话题这一招来的。

这一招果然有效，星菀轩不再追究星菀婷没关窗这码事了，她赞同地点了点头："也对。"然后就掏出了口袋里的钥匙，开门进去找兔子了。

兔子瞪着红眼睛，就坐在窗台的一角。星菀婷高兴地扑过去想要抓住兔子，可是兔子却化成一道烟雾消失了。星菀婷一下子扑在了窗台上，刚才还兴高采烈的心情一下子变得糟糕起来："搞什么，我们追了那么久那么久，居然只是个幻影！"星菀婷揉揉自己因扑到窗台上而发痛的胳膊，心里很是郁闷。

星菀轩在不远处走来走去，她显然对于抓兔子这码事不抱什么期望，相应地，没有抓到兔子她也不怎么失望。她只是对星菀婷说道："反正我们又不是第一次扑空了。"

星菀婷愁眉苦脸地点点头："这狡诈的兔子到底是哪门子邪恶势力的化身啊？"她一只手抹着额头擦汗，另一只手则扶在窗台上。这个时候，她扶在窗台上的手指上传来一阵刺痛。星菀婷吓了一跳，赶紧把手举到眼前查看，只见她的中指上渗出了一颗血珠，不知道被什么刺破了。星菀婷回头看看她刚才摸过的瓷砖，判断是瓷砖破损的边缘割破了她的手指。星菀婷皱着眉看着刺破她手指的瓷砖破损处，那块地方染上了一点血迹。很好，这下她又要重新擦瓷砖了。星菀婷不悦地想。这时候，她突然发现瓷砖与瓷砖的空隙之间塞着一个小纸卷，小纸卷也染上了一点血迹。

这是啥？星菀婷好奇地把纸卷抽出来展开，这不会又是什么像前几次那样的"记忆的字条"吧？

不出星菀婷所料，纸条上确实写了字，并且看笔迹应该就是陶简凝写的。她好奇地查看着纸条上的字：

不知多少年后我会忆起这天下午，十月的晴天和

木芙蓉花开的季节。

字条边上画着一个圆形，上面写着三个字——"戳这里"。星菀婷好奇地用手指去戳了一下。

这又是一个记忆。正如上次星菀婷进入记忆的经历一样，这次当她把手指按下去之后，周围的环境同样发生了变化。灰暗的教室变得透亮，窗边摆满了绿植。有几盆植物正值花期，粉红色的花朵轻轻摇曳着。星菀婷意识到这次的记忆有些不同了，可是她却意识不到到底是什么方面的不同。

"嘿，乔韵月！"一个女孩的声音从星菀婷的背后传过来。星菀婷吓得一激灵，难道有人发现她的存在了吗？这不应该啊！她难道不是以游魂状态来到记忆中的吗？不对，那个女孩叫的是"乔韵月"而不是"星菀婷"，这不是在叫她，是在叫别人呢！虽说是这样，星菀婷还是用自己的手在那个女孩的眼前晃了晃，以试探对方是否能看见自己。那个女孩显然没有看见星菀婷，她径直穿过了星菀婷的身体往前走。女孩跟星菀婷差不多年纪，长得非常漂亮，浅色的头发扎成一个不长不短的马尾辫，马尾辫的形状饱满而自然。她比星菀婷略微高一点，五官的大小和位置都恰到好处，眉如远山，眼若秋水。此刻，她走到了前排一个女生的面前。星菀婷根据刚才听到的呼唤，推测那个女生应该就是乔韵月。乔韵月有着一头火红的长发和一双深蓝色的眼眸，戴一副黑框眼镜，她的桌子上摊着一本让星菀婷看了就头痛的大部头书。乔韵月看书极其专注，好像根本不知道有人已经走到了

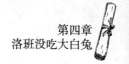

她的身边。

"你对于今天堆积如山的魔法课作业怎么看？"漂亮女生笑眯眯地看着乔韵月。此时星菀婷突然意识到了这次记忆的不同之处——这次的记忆有了声音。

"我觉得课本第三十二页的这条魔法理论不太对。"乔韵月头都没抬，只是指了指放在自己膝上的魔法课本，"我觉得这条理论的表述有些不准确。"

"那么，你现在又在做什么事呢？"漂亮女生蹲在乔韵月的课桌旁问道。

"课本上说那条魔法理论出自《世界魔法论》这本书，于是我去图书馆把这本书给借来了。现在我正在研究这本书上对于这条魔法理论的解释。"乔韵月终于把视线从书本上移开了，"陶简凝你不会又在用你的记忆魔法'录像'吧！"她扶了扶自己的眼镜。

这就是传说中的陶简凝？星菀婷猛然回头看向那个漂亮女生。女生不好意思地笑了两声，说："别试图岔开话题，我是在问你'你对于今天堆积如山的魔法课作业怎么看'！"

"没看法。"乔韵月低头继续研究她的书。

陶简凝耸耸肩，坐到了自己的座位上，然后转身看向坐在自己身后的男生。那个男生正在写作业。看得出来，他是在用心思考每一个问题，字不算很好看，但是十分端正。星菀婷绕到男生身后去看他的作业，这些都是高一的题目，星菀婷还是能懂的。星菀婷发现这个男生的作业正确率很高，唯一的不足之处就是写作业的速度略慢。联想到自己正确率

低下，字涂成一团，除了速度快其他一无是处的作业，菀婷突然有点惭愧。更为难得的是男生的坐姿标准又挺拔，神情专注，仿佛外界的一切都不能侵扰到他。果然，认真的男生最帅了啊！星菀婷想。

"齐另！"陶简凝伸出一只手在男生的桌子上敲了敲。齐另抬起头，略带惊讶地看着陶简凝："有什么事吗？"

"我想知道，你对于今天堆积如山的魔法课作业有什么看法呢？"陶简凝笑眯眯地看着齐另。

听到如此无聊的问题，齐另果断低下了头继续写作业，同时敷衍性地回答道："作业多自然是抓紧时间做，下个星期期中考试，老师作业布置多一点也是可以理解的。"

陶简凝对着齐另的作业盯了几秒钟，然后重重呼出一口气，把头转回来也开始写作业。

记忆就此结束。

当那个怎么都打扫不干净的空教室再次出现在星菀婷的眼前时，同时出现的还有面前的星菀轩。星菀轩的表情一脸淡漠，可是却让星菀婷毛骨悚然。她突然敏锐地感受到了星菀轩的不开心。

"记忆好看吗？"星菀轩盯着星菀婷手里的字条，"快上课了，我们先回教室，我抽空再一个人看看这条记忆。"星菀轩的语速在"一个人"三个字上放慢了很多，似乎在强调什么。星菀婷猜想，星菀轩应该是生气了，因为自己发现新的字条时没有告诉她，还独自一人把记忆先睹为快了。她小跑着跟上星菀轩的步伐，说："对不起啦，我的行动一向不经过大脑，不是故意不告诉你的！"

洛班还是没有抓住兔子。

洛班全班和星班一半的人追了一整个中午还是没有抓住那只肥兔子。光是想想这件事，当事人之一星忆风就觉得有点丢脸。那兔子好像在故意逗她们玩一样，每当她们跟丢了之后，这只该死的兔子就会自动蹿出来蹦跶到她们眼前，引诱她们去追，然后再次溜得没影。星梦渲使出了时间停止的大招，居然也没用。因为兔子一看到星梦渲就会立刻藏起来，星梦渲虽然让时间停止了，但也不知道去哪里抓兔子。将近二十个人的"追兔大军"被那白兔耍得团团转，真是太丢人了。星忆风本来以为这已经是最糟糕的情况了，没想到接下来出现了更加糟糕的情况。

接连两天，兔子都没有在星子魔法高校任何人的眼前出现。按理说，这种情况是不应该发生的，星子魔法高校师生加起来也有将近三百人了，那只兔子又那么喜欢耍人，怎么可能连续两天都没人见到兔子呢？可是不管大家怎么想，这件事情就是发生了。莫非是这只兔子懒得捉弄人，决定走谨慎路线了？星忆风猜测，依着这兔子的狡诈劲儿，想让自己不被人发现也并非没有可能。可是这么一来事情就难办了，之前兔子高频率出现的时候她们都没能抓住它，现在兔子压根儿不出现了，岂不是更难抓住了？一想到这个问题，星忆风就头大。星雪落也连连后悔，当初自己怎么不多忍耐一下

群众的围观和常析之的误解，偏偏要把洛花重请米。这卜好了，摊上这么麻烦的事情！洛班也觉得对不住星班，因为洛花重仅仅是讲了几句话，星班就花了那么多时间去帮助洛班抓兔子。所以接下来的一段时间里，洛班一直没有再次叫星班来帮忙。但是星忆风却很好奇洛班的"抓兔行动"进行得如何了。于是一天晚上，当星忆风吃完晚饭上楼，碰到正在下楼的洛玉诀时，她就好奇地上前询问情况了。

"一直都没有抓到兔子。"洛玉诀摇摇头，"所以我们跟老师交涉了一下，要求去查看学校的监控。我现在就是要去看监控呢！"

星忆风对此感到很惊讶："为了抓一只兔子，你们老师居然同意你们去查监控？"突然，星忆风想到一个很关键的问题，她追问道："你们是怎么跟老师……呃……交涉的？"

"是我和洛花重一起去的。"洛玉诀耸耸肩，"洛花重对老师说这只会分身术的兔子一旦跑出学校，跑到了街上的话，会对交通秩序造成很大影响。毕竟这兔子会分身嘛，如果它在大街上分身的话，司机们都会被吓坏的。所以老师就同意了。"

星忆风能想象出那个场面。洛玉诀带着一股子杀气，带着洛花重高调地走进办公室，然后洛玉诀开口："老师，我们要跟您谈个事儿。"接着出场的就是洛花重："全年级都怀疑我们班吃了一只是我们年级共同财产的兔子，无辜的我们感到非常不公。为了洗清冤屈，我们想要调出监控记录找到那只兔子。且那只兔子拥有分身技能，一旦溜出校园就会对交通秩序造成不可估量的危害。所以为了证明洛班清白，营造一个和谐友爱的校园环境，维护社会安定……我们希望老师可以允许我们调取监控记录来寻找兔子。"

很快，洛玉诀的声音就把星忆风从想象中拉了出来。"星忆风班长，如果你愿意的话，也可以跟我一起去看监控。"洛玉诀诚恳地说。

星忆风点点头："好啊！"

在说明事情原委并出示了老师的批准条之后，星忆风和洛玉诀顺利进入了星子魔法高校的监控室。监控室的窗帘紧紧拉着，乌漆墨黑的，仅有的光源就是房间里的八台电脑。整个房间里充斥着机器的嗡嗡声。这么多电脑，找起来太麻烦了！星忆风皱皱眉，看向洛玉诀。洛玉诀也意识到了这一点，便对星忆风说："我们各自回班里再叫三个人来，大家一起找，更快。"

很快，两人就都找好了人。星忆风抓到了正在教室里的星于荨、星玄枫和星墨尹，而洛玉诀带来了洛感之、洛冷然和洛玉霜。八个人一人守着一台电脑，根据洛玉诀的指示调出了她们找兔子那天的记录。因为兔子就是在此之后失踪的。

"我找到了。"洛冷然突然说，"中午十二点零四分，兔子在萧老师的药草园前分身。大家都分头追过去。"听到这句话，大家都把监控的时间调到了十二点零四分。星忆风插嘴："兔子一共有六只，我们班的星菀婷和星菀轩在教学楼

追到了一只，是幻影。所以我们可以排除跑往教学楼的那只兔子。"

"我们班总共追到两只，也是幻影。"洛玉诀看向边上洛冷然面前的电脑屏幕，用手指在屏幕上点着，"排除跑向操场的那只和蹿到树上的那只。"

很好，真正的兔子就在剩下的三只兔子中。大家不约而同地凑到洛冷然的屏幕前围观。剩下的三只兔子，一只跑向魔法训练室，一只跑向校门口，一只跑向宿舍楼。到底哪一只才是真正的兔子呢？

"一只一只追查。"洛玉诀下令，"先看跑向宿舍楼的那只。萧老师的药草园到宿舍楼第一个要经过的就是食堂，食堂的监控录像在谁这里？"

"我！"星于荨举手，她看向自己的屏幕，"兔子经过了食堂，继续跑向宿舍楼。"

"接着兔子经过花坛，跑进科艺楼一楼，已经甩掉了追它的人，刚进科艺楼一楼就消失了，是幻影。"星墨尹接话，花坛外的监控录像在她这里。科艺楼里全都是科学实验室、占卜课教室、变形课教室、魔药课教室、音乐教室之类的特殊教室，所以被学生们称作科艺楼。

这只是幻影。接下来大家追踪的是那只跑向魔法训练室的兔子。

星玄枫的屏幕上有魔法训练室门前的监控，她大声描述："兔子躲进了魔法训练室，而当时正在追兔子的洛感之却往前冲去了。"一时，大家都盯着洛感之。洛感之被看得有点不好意思，讪笑两声，说："嘿嘿，谁叫这只兔子这般狡猾！"

"魔法训练室的监控录像在我这里。"洛玉诀说，"萧老师从她的办公室里走了出来，从魔法训练室的东门出去了。"萧老师的草药教室和办公室都在魔法训练室内部。

"接着兔子从西门进入了魔法训练室，兔子放慢了脚步，走向了萧老师的办公室——"说到这里，洛玉诀突然顿了顿，"萧老师办公室的门是开着的，兔子不会进了萧老师的办公室吧？"她的心里突然有一种不好的预感。下一秒，洛玉诀就傻眼了，瞪大眼睛看着屏幕，张大自己的嘴却什么都说不出来。

"怎么了？"周围的人都好奇地凑到洛玉诀身边。洛玉诀此刻终于回过神来，她把时间又调回了兔子刚刚走进魔法训练室的时候，把刚才的那一幕放给大家看。只见兔子慢悠悠地走到了萧老师的办公室门前，这时，毫无征兆地，一个火球居然从萧老师办公室没有关严的门中飞了出来，直接打中了兔子。等到火球飞出监控器的拍摄范围后，地上就只剩下一只烤熟的兔子了。焦黑的毛掉了一地，露出了里面烤得金黄的肉，还滋滋地闪着油光。

都烤熟了，看来这就是真正的兔子了！大家看得目瞪口呆。这时，萧老师回来了，可是当她发现地上的烤兔子时，却丝毫没有表现出惊讶之色——萧老师拎起烤兔子就回到了自己的办公室。

屏幕前的八个人面面相觑。

　　终于，星于荨开口了："我记得萧老师的办公室里养了一棵会喷火的植物叫什么特洛斯奇的……"

　　"对对对！"星墨尹补充，"每隔二十四小时就会吐一个火球出来……"她的解释突然被一声巨大的声响打断了，原来是洛玉诀一掌打在桌子上。"去找萧老师求证！"她的手指着门口的方向，"我们活要见兔，死要见烤兔！"

　　于是，洛玉诀就气势汹汹地冲向了萧老师的办公室，然后在面对萧老师的瞬间收起气势，扮出一副低声下气的模样向萧老师求证："萧老师，您之前是不是在门口发现了一只烤兔子来着？"

　　"对啊！"萧老师坦诚地说。

　　"烤兔子现在怎么样了呢？"

　　"当然是吃掉了。"萧老师舔舔嘴唇，似乎还在怀念兔肉的味道，"也不知道沉老师是从哪里买的烤兔肉，这么好吃……"

　　"沉老师？"洛玉诀立刻提出了自己的疑惑。

　　"之前和沉老师打赌，如果我赢了她就要给我送烤肉来。而我也确实赢了，所以这只烤兔子一定是她送来的！"萧老师肯定地点点头。

　　很好很好，兔子被烤熟了，烤兔被吃了，这下她们怎么向年级联盟交代？

第五章
万万没想到

十一个同学赶紧跑过来查看星菀婷的伤势。可是没等星菀婷被扶起来，她们就感到地面一沉，然后脚下的地面就像末日电影里演的那样迅速土崩瓦解，再然后，她们就随着土块一起掉入了深不可测的地底。

星于荨是被一阵晃动惊醒的。她刚才正躺在她房间里十几个瓶子中的一个里睡觉，而此刻，她敏锐地感觉到自己所处的瓶子在晃动。

星于荨房间的天花板上用绳子挂着好些个不同形状的瓶子，当你把瓶子打开之后，瓶子的体积会突然扩大到一个小房间的大小并把你吸进去。星于荨的卧室就由这些神奇的瓶子构成。虽然用绳子吊在天花板上的瓶子很容易晃动，但是也不会无缘无故地开始晃啊！

不会是地震了吧？星于荨忧心忡忡地想。想到这里，她就一阵紧张，连忙从瓶子里出来，双脚踏上了房间的地面。

此刻，这种晃动感更加明显了。头顶传来轻微的叮当声，星于荨抬头一看，悬挂在天花板上的十几个瓶子都在摇晃，靠得近的几个瓶子互相碰撞着发出清脆的声音。星于荨在此之前并没有经历过地震，但是根据她以往看电影的经验，她判断这应该就是传说中的地震。她不敢再耽搁了，快步跑出了自己的房间，来到了大厅。大厅里已经聚集了小部分同学。她们光着脚，穿着睡衣，神色恍惚又慌张，她们也都刚刚从睡梦中被惊醒，一时有些手足无措。星于荨看到了站在门口随时准备逃走的星楒汐，赶紧跑过去问："这是地震了吗？"

星楒汐点点头："看样子应该只是一场小地震，为了保险起见，还是先到楼下避一避吧！"说完她就拉起星于荨从楼梯间的窗户里飞了出去，两人光着脚就降落在了水泥地面上。

"别的人怎么办？"星于荨一边跟着星楒汐朝边上的空地跑过去，一边担忧地问。

"你以为她们是吃干饭的吗？"星楒汐迅速朝身后的宿舍楼瞟了一眼，此刻宿舍楼一楼天班的同学们正一个接一个地跑出来，"先不说这应该只是小规模的地震，不会把房子给震倒，就算房子真的会塌，她们也一定能抢在这之前逃出来。"她话音刚落，就见到星菀轩带着星菀婷和星子夜瞬移到了前方的空地上，然后菀轩消失了。当星菀轩两秒钟之后再次出现时，她已经带着星墨尹和星玄枫来到了空地上。接着，星于荨注意到星忆风正拉着满头大汗、气喘吁吁的星雪落从宿舍楼的门口冲出来，颇有夺路而逃的感觉。星于荨觉得这两人应该是最先反应过来并冲下楼梯的，可惜跑步还是比飞或是瞬移慢了一些。最后，星梦渲、星露渲、星槿熙出现在了楼下——星梦渲的时间停止如果使用得当的话，可以营造出瞬移一般的效果。

星忆风立刻清点人数，好在十二个人都毫发无损地跑了出来。

地面依然在传来轻微的震感，周围建筑物的门窗发出乒乒乓乓的声音。空地上聚集的学生越来越多，星于荨目测七十二个人应该差不多到齐了。这会儿，地震的强度又小了下去，星于荨渐渐感受不到地面的震动了。很快就有老师来了，他们在清点人数并确认无误之后，给同学们留下了几个手电筒，并要求大家暂时不要回去，避免有余震来袭。

大家在楼下等了很久，老师才来宣布可以回寝室了。这场小规模地震并没有对寝室造成太大的影响，不过是碎了几个杯子，摔了几盆花。地震在星子魔法高校造成的最大影响似乎就是第二天大部分的学生顶了黑眼圈而已。星于荨就是这大部分的学生中的一个。她的作息一向很规律，这次大晚上闹了一场之后，她似乎就受到了重创，一整天都是一副精神不振、半睡半醒的样子。星椴汐也很困，但是她对于熬夜的忍受能力显然比星于荨强大，并没有把她的睡意表现得很明显。星墨尹倒是精神很好，因为她昨晚在楼下等待余震过去的同时，坐在地上就睡了一觉。而星菀婷和星露渲因为平时就有熬夜的习惯，如今倒也没有什么特别的表现。

不过对于以上种种情况，老师们也表示理解，并没有因

此而与学生们过不去，还很仁厚地布置了极少量的作业——毕竟他们和学生们一样困倦。校方还出于人道主义的关怀免掉了今天的晚自习。星班精神较好的同学——譬如星墨尹——声称自己第一次感受到了学校的关怀而不是压榨。精神不好的同学们也都在心底暗自感到欣慰。"今天没有晚自习"的愉悦想法萦绕在每个同学心中，这种欢乐的情绪到了下午最后一节课体育课的时候变得格外高涨。上完这节课，再去吃个饭，最后回到寝室做完今天为数不多的作业就可以愉快地玩耍了，想想就很开心啊！星梦渲和星露渲还暗自决定，为了报答学校的好意，今天她们就不再试图抄作业了。要是于老师知道这件事的话，她一定会感到非常欣慰的。

体育课就在大家的期待中下课了，即使是痛苦的蛙跳也无法减少大家的快乐。一向喜怒不形于色、号称星班第一淡定的星槿熙都在她睡意蒙眬的脸上不自觉地露出了幸福的微笑。

星槿熙大概是星班今天最困的人了，她昨晚刚睡着就做了个噩梦，吓得她半天没敢睡觉。好不容易睡着了又因为地震而被迫清醒。再然后，她就睡不着了。这种睡意直到白天才得以释放，这也就是为什么星槿熙一整天都那么昏昏欲睡。

此刻，星槿熙正跟随其余十一人沿着小树林往食堂走去。大部分人都无比疲惫，但是小部分人还是较为精神的。比如，星菀婷正得意扬扬地挥舞着手里的一张字条，兴高采烈地诉说着她和星菀轩是如何如何在她们班打扫的那个空教室里接二连三地发现了"尘封的记忆"。同时她自诩为"被选中的人",她的使命就是揭开这一段"辉煌的过往"。同学们相信星菀婷所说的一切都是真的,并且对她所持有的"尘封的记忆"感到十分好奇,只是她们对星菀婷夸张的描述嗤之以鼻。

"你目前所看到的记忆全都是日常的小事,有什么'辉煌的过往'需要'被选中的人'去揭开呢?"星玄枫质疑。

"这你就不懂啦!很多疑点都隐藏在细节中嘛!"星菀婷把字条举得高高的,神情堪比拿到死亡圣器的哈利·波特。可惜这时一阵大风吹过,把星菀婷的长发往旁边吹过去,一半的头发被吹到了她的脸上,遮住了她一本正经的脸。与此同时,她手里的字条也被风给吹跑了。星菀婷大惊失色,急吼吼地向字条追去。当星菀婷跑到旁边的草地上时,她纵身一跃,终于抓住了字条。但她也重重地摔在了草地上,膝盖立刻被锋利的草叶划破了,渗出滴滴血珠。星菀婷痛得眼泪直流,她的双腿现在又麻又疼,一时竟站不起来,只好一直保持着跪坐在地上的姿势。十一个同学赶紧跑过来查看星菀婷的伤势。可是没等星菀婷被扶起来,她们就感到地面一沉,然后脚下的地面就像末日电影里演的那样迅速土崩瓦解,再然后,她们就随着土块一起掉入了深不可测的地底。

她们眼下正沿着一个长长的地洞往下掉,地洞几乎与水平面垂直,这让所有人都不约而同地想起了《爱丽丝梦游仙境》中那个兔子洞。但是显然她们没有爱丽丝那么淡定,一

时间，通道里充满了震耳欲聋的尖叫声。通道似乎在越变越窄，一开始洞口的大小足以让十二个人同时掉下去，可是现在圆形通道的直径只有一米不到，一次只有一个人能通过。十二个人形成一列纵队在通道里跌跌撞撞地往下掉。

此时掉在队伍最下方的星槿熙突然感觉不到通道四周的泥土了。不会是已经掉出通道，快要掉到洞底了吧？星槿熙想，就这么从地面上摔到地底，一定会摔得很惨。想到这里她立刻开启了结界。结界因为具有难以移动的特性，可以很好地防止她们一下子摔到地面上。星槿熙刚刚摔到自己的结界里，就听到了接二连三的闷哼声，后面的同学一个个跟着掉进了结界。

周围是一片漆黑，不知道下面还有多深，星槿熙不敢随便打开结界。于是她用凝火术凝出一个小小的火球照明。周围的同学一个个惊魂未定，看上去都快犯心脏病了。

这时候，星菀婷突然用埋怨的口气说话了："星菀轩，你怎么不用瞬移把我们带出去呢？"

星菀轩摇摇头："不知道为什么，这个通道里似乎有一种强大的魔法屏障，我没有办法使用魔法。"

"可是槿熙不就施了魔法吗？"星菀婷质问道。

星槿熙急忙解释："我是刚掉出地洞的时候施魔法的，已经离开了通道范围！"说到这里，她突然想起了什么，连忙问道："星菀轩，现在你能瞬移出去吗？"

星菀轩再次摇摇头："在你的结界里，我恐怕也施不了魔法，还是等出了结界再说吧！槿熙你看看我们离地面还有多高。"

槿熙就着火球的光往下看看，离地面还有一两米，地面看上去应该是岩石，跳下去应该不会出什么事。通知大家准备好往下跳之后，槿熙就收起了火球，解除了结界，十二人成功着陆。她们都纷纷凝出了火球，照亮了周围的环境。

她们的头顶和脚底都是岩石，一条长长的石头隧道向前后延伸到无尽的黑暗中。不同的是，其中一侧的隧道布满碎石，另一侧的隧道则显得很平坦。

"这是个地底天然溶洞吧！"星玄枫猜测。大家对这个观点都表示同意，这个洞看上去应该就是一个天然溶洞。

这时，星菀轩突然倒吸了一口凉气："完了，我无法瞬移到地表上！"此话像是平地一声惊雷，把好不容易安静下来的同学们吓了一跳。星菀轩接着说："我刚才试过了，我可以在这个洞里自由瞬移，可是就是无法回到地表！通道也被堵死了，看来我们只好慢慢找别的出口了。"

众人哗然。星子夜暗自奇怪，以前她们十二个人也经常一起坐在那块草地上聊天，怎么就今天掉进了地洞，以前却没事呢？她又想到昨天的地震，有些了然，想必是地震把原来结实的地表震得松动了，所以今天才会掉下来的。这时她发现同学们都陷入了沉默，一个个都不知道在思考什么。

突然，星墨尹开口："我们要不沿着隧道向前走吧，一直待在这里也不是办法。"

同学们也都赞同星墨尹的观点。虽然前方有着未知的危险，可是留在原地也做不了什么，还不如行一步看一步，先

往前探探再说，说不准出口就在不远处呢！

这时，星子夜突然想到一个点子，她恍然大悟一般地说："我们不是还可以打电话求助老师吗？"

"这鬼地方，信号都没有！我早就尝试过了！"星忆风斜靠在石壁上，晃晃自己的手机。

其他人不约而同地开始叹气。不过她们很快就行动起来，沿着那条较为平坦的隧道向前走去。十二个五颜六色的火球把周围照得很亮堂，光明似乎能把恐惧也驱赶开去。星子夜突然觉得这更像是一场冒险，而不像是一次危险。

"我看我们还是先不要一起使用凝火术了……"星于荨的声音在隧道里回响，"不知道我们要在这里待多久，我们的魔力总是有限的，与其大家一起使用凝火术，倒不如每人轮流使用凝火术照明，这样才能最大限度地保存我们的魔力啊！"

"有道理！"星椟汐点点头，"虽说魔力会慢慢恢复，可要是魔力还没恢复就遇上什么危险就不妙了。"她把自己的火球熄灭了，然后提议道："不如我们按照学号顺序来使用凝火术吧，每隔半小时换人，怎么样？"

回应她的是一阵啧啧赞同声。然后大家一个接一个熄灭了自己手中的火球，只留下了星梦渲手里的火球。被光明驱散的恐惧好像又回来了，站在队伍末尾的星子夜突然瑟缩了一下，回头望向身后的黑暗，总觉得黑暗中隐藏着什么怪兽，她不自觉地往前快速走了几步。

这时队伍又停了下来，星子夜来不及反应，鼻子直接撞在前排星于荨的后脑勺上。刚想问问前面发生了什么事情，就听见手里燃着火球、走在队伍最前面的星梦渲大声说道："前面是岔路口！"听到这句话，原本安静的队伍中又响起了喊喊喳喳的声音。

星子夜伸长了脖子往前看，恰逢星梦渲把火球变大了一些，她清楚地看到前方是一个丁字路口，左右各有一条隧道。两条隧道看起来都是一样黑暗而不可预知。应该走哪条呢？还没等星子夜仔细思考这个问题，她又听到了星忆风的声音："大家安静一下！"星忆风燃起自己手中的火球，走到前方面对着大家。在火球的照耀下，星忆风的脸上呈现出诡异的光影感。

"现在我们前方有两条路，两条路的地势目测都是平坦的，大小差不多，风速的话——"星忆风舔了舔自己的食指，在右边的洞口探了探，再次舔过食指后又在左边洞口探了探，最后无奈地宣布，"两边的路口都没有风。关于温度、湿度……"最后她放弃向同学们做如此复杂的探究报告了，干脆一挥手："大家还是去看看吧，我们判断一下走哪一边！"

听到她这句话，跃跃欲试的同学们立刻一拥而上，以所有想得到的方式研究着两条隧道的不同。可是令她们失望的是，两条隧道各方面信息几乎都是一致的。最终星忆风只好用抛硬币的方法，决定朝左边走。而总是随身携带纸笔的星棪汐为了避免找不到回来的路，在本子上记录了简略的地图。队伍终于平静了下来，茫茫黑暗中，又只剩下了星梦渲

手中的那点光亮。可惜这种平静才持续了几分钟就又被打断了，因为前方又出现了岔路口。好在这次的两条路有着极大的不同，一条向下延伸，一条向上延伸。大部分人都认为应该走左边向上的路，于是当星椴汐在本子上再次记上一笔之后，大家开始往左边的隧道探去。大家自信满满，既然找到了一条向上延伸的路，是不是代表很快就能回到地面了呢？大部分人都怀着这种乐观的想法。

星于尊却不是这么想的。这条路现在是上坡，不代表它一直都是上坡啊！根据她们掉下来的时间推断，这应该是个很深的洞，估计不是这么容易出得去的。想到这里她打了个寒战，她们在毫无准备的情况下掉进了一个地下通道，身边没有食物，没有水……她的脑袋里立刻浮现出了十二具干瘪的尸体倒在隧道里的场面。

不过，老师肯定会很快发现她们失踪然后来寻找她们的吧？想到这里，星于尊才觉得有点安慰。毕竟地面上有那么明显的一个洞，老师们魔力高强，一定能很快找到她们的。

她们在隧道里只能听到自己轻微的脚步声，其他的一切声音都被黑暗吞噬了。她们不禁有些心底发毛，走在后排的几个更是频频回头，总感觉后面跟着什么怪力乱神。隧道变得越来越复杂，到处都是岔道，这更让人惴惴不安。谁知道下一个弯道会遇到什么？谁知道她们是否只是在原地打转？她们会不会就得一直这样走到死呢？她们已经走了两个多小时，个个都感到脚底发麻。于是应大部分人的要求，星忆风决定在原地休息一会儿。

她们随便在隧道的一处坐下了。长久以来的紧张气氛终于在此时有了一点松动。星槿熙查看着她的结界，她的结界里大部分都是课本，可是在这种情况下课本又能有什么用呢？星槿熙并非不知道这一点，可是她还是用心地翻找着，好像能从结界里凭空翻出花儿来似的。也不知道她是不是有意想要打破沉默，她翻课本发出的声音极其夸张。如果槿熙确实存着要打破沉默的想法，那么她做到了。当这种嘈杂声音作为背景的时候，谈话变得容易起来。

"罪魁祸首"星菀婷举着那张"尘封的记忆"，看起来很兴奋地提议道："反正现在空着，不如我给你们看看这段记忆？"

"你不是说字条上画了一个圆形，只有把手指按上去才能看吗？我们十二个人的手指怎么能同时按上去呢？"星雪落插嘴道。

"可以把手指叠起来嘛！"身为一代学霸的星菀轩果然脑子转得快。

听了星菀婷的描述之后，大家也对进入记忆感到很好奇，再加上现在也没有什么事可干，于是大家还真的照着星菀轩的提议做了。下一秒，她们就不约而同地惊呼一声，然后伸手去挡自己的眼睛。

已经适应了黑暗的眼睛很难习惯光明，她们便是如此。充满阳光的教室和刚才伸手不见五指的隧道形成了极其鲜明的对比。突然，她们听到了一个声音：

"嘿，乔韵月！"

当记忆不可避免地结束，阳光散去，留下一整片黑暗之后，所有人的胸膛都感受到了一阵轻微的窒息。刚才那个明亮的教室令所有人心情舒畅，多年前的阳光仍然具有使人快乐的功效。而这一切，无不衬托了现实的压抑。

沉默一秒之后，星于荨突然言之凿凿地开口："陶简凝喜欢齐另！"她的这句话引来了不少惊疑的目光。星墨尹补充道："我也看出来了。"之后大家纷纷将求证的目光投向星雪落。星雪落不自然地轻咳一声："确实是这样没错。"得到了八卦大师的确认，同学们立刻把"陶简凝喜欢齐另"这件事当成了一个事实。唯独星菀婷很纳闷："你们怎么知道？我怎么没看出来？"

"因为你没有注意到陶简凝那满含爱意的目光！"星墨尹煞有介事地说道。听了这句假正经的话，立刻有人不自觉地微笑起来，仿佛现在她们不在充满危险的隧道中，而是在灯光温馨的寝室里似的。

相比星墨尹，星雪落的解释就要有道理得多，只见她很有节奏地一点头，就为星菀婷解释起来："先前那些过于细致的我们先不讲，就光讲陶简凝的最后一个动作。你们还记不记得陶简凝在这段记忆的最后的行为？"星雪落的嗓音有点沙哑，提醒着在座各位她们到目前为止还没看出端倪的事实。星雪落环顾一圈，继续说下去："在齐另敷衍性地回答过后，陶简凝先是对着他的作业盯了几秒钟，然后重重呼气，最后开始自己写作业。从陶简凝去采访同学对于堆积如山的魔法作业的看法可以看出她是一个比较外向、活泼的人，但是在这最后几秒钟之内，她什么话都没有说，并且眼神也显得有点落寞。"

"落寞？"星菀婷有点不懂。

"就是那种'你喜欢的人对你无感'的感觉啊！"

听到这句话，星菀婷似懂非懂地"哦"了一声。"那么我也是一个很落寞的人啊！"她自怜自哀地说道，"我可以理解陶简凝那种'你喜欢的人对你无感'的感情。"

"你那个不算，龙应运根本不认识你！"星菀轩提醒。

接下来又是一阵原因不明的沉默。现在她们搞清楚了陶简凝喜欢齐另这码事，可是这有什么用呢？温暖的回忆并不能把她们从令人恐惧的现实中拯救出来，刚才已然退去的那种冰寒刺骨的恐惧感又回来了。现在她们被困在一个隧道里，身边没有水，没有食物。她们不知道隧道有多长，不知道这里会不会成为自己的坟场。火球没办法把前方深沉的黑暗照亮，即使心里有一万个想要振作起来的想法，也都会被那一个恐惧前方的念头打倒。

沉默突然被星槿熙的一声长长的哈欠给打破了，那个绵长的哈欠似乎有着极度强大的感染力，不一会儿大家都开始接二连三地打哈欠，一种强烈的疲惫感从脚底麻酥酥地涌上了脑门。她们本就因为晚上没有休息好而格外困倦了，只是后来因为一直处于神经紧绷的警惕状态而暂时赶走了睡意。而现在连续走了两小时的她们再也抵挡不住这种沉沉的疲惫，一个个都觉得眼皮仿佛有一万吨那么重，怎么也抬不起

来。来势汹汹的哈欠让所有人的眼中蓄满了眼泪，星菀婷手中不断跳跃的火球在她们的眼中逐渐成了一个模糊的光点。而这个光点的持有者星菀婷看大家一个个都在闭目养神，干脆也熄灭了手里的火球。

不知不觉间大家一个个靠在隧道壁上睡了过去，小睡了二十分钟才慢慢醒转。少数几个没睡着的也趁着这段时间好好缓了缓睡意。现在只有晚上七点多，离她们平日里的睡觉时间还有几个小时，在生物钟的作用下，她们无法睡得更久了。再者，高度紧张的神经也不允许她们长时间安眠。

一句话都没说，星菀婷自觉地再次点燃了火球，然后十二个人向黑暗的更深处走去。

星于荨看看手腕上的夜光手表，现在是凌晨一点。

她们已经在隧道里待了七八个小时了。虽然已经是大半夜，可是却没有一个人想睡觉。说也奇怪，她们之前小睡了二十分钟后就再也没睡过。可能是因为毫无差别的黑暗扰乱了她们的生物钟，也有可能是精神太过紧张令她们睡意全无。但是星于荨没精力去细想这个问题了，她的双脚因为长时间的走动而变得酸痛，双腿好似绑了铅块，跨出一步都有千难万难。

这条路什么时候才会到头？星于荨想。

这个时候，走在前面照明的星忆风突然停下了脚步，回过头轻声说："你们有没有觉得这条隧道有点不一样？"

星忆风旁边的几个人都对她摇摇头。

星忆风把火球放大一些，托在手心里，然后举起火球朝两面的石壁照了过去："你们看，这里的石壁比起之前的石壁光滑了很多，像是被人加工过了。"

听到"人"这个字眼儿，大家的精神就立刻亢奋了起来，纷纷点燃火球朝着离自己最近的石壁照过去。石壁果真比之前看到的都光滑了很多，有些地方还有磨平的痕迹。星梦渲快人快语："我们不会是走到哪个旅游景区里了吧？"她想的是，她们可能来到了一个被当作旅游景区的溶洞里。如果真的是这样的话，她们岂不是很快就能出去啦？可惜这样的乐观想法很快就被星露渲推翻了。"哪个旅游景区会把溶洞的石壁磨平呢？"星露渲提出了这个想法的疑点，"旅游景区不应该保护溶洞里最原始的环境吗？把石壁磨平算是怎么一回事呢？"她的声音不自觉地放大了一些。最终，还是星槿熙出来调解："走一步看一步吧！"

众人怀着满心的疑惑和兴奋继续向前走去，还没走出几米，就看到隧道的左边出现了一个门洞——没错，是"门洞"而不是"洞"。之所以这么叫是因为这个洞被修饰成了一个左右对称的门形，边缘光滑，显然是人工修筑的。星忆风好奇地凑到门边，用火球往门里照。只见门里是一间不大不小的方形石室，石室的四面都摆着书架，书架上则放满了书籍。星忆风惊讶地张大了自己的嘴。这时其他同学也都凑过来往里看，看见这情景，都显得十分惊讶。这地下石室里怎么会有这么多书？

错不了，这个地方一定有人居住，或者有人"曾经"居

住过。

星忆风胆子大，本身又走在前面，她第一个走进了石室，凑近去看那些书本。书本上全都是灰尘，书脊上的字星忆风一个也看不清。她熄灭了手中的火球，从书架上随便抽出一本书，尽量拍干净上面的灰尘，然后重新点亮火球，照亮手中的书本。

那是一本由牛皮纸作为封面的书，看上去相当古老。封面上竖着写着书名——《阵法浅谈》。星忆风再次熄灭手中的火球，就着同伴手中火球的光线双手把书翻开。书的内页又脆又破，看上去比陶简凝的字条陈旧了十倍。书里面除了一些文字之外还有很多图片，全是各种各样的中心对称图案，看上去无比美丽却又很复杂。星忆风猜测这应该是书名里所说的"阵法"。她仔细看书里的那些文字，却发现全都是文言文。星忆风惊诧地翻翻书的前后，发现这确实不是现代的装订风格。这不会是古籍吧？星忆风想。

很多人都像星忆风一样去翻看这里的书本。有一个书架上的书全是关于阵法的，另外几个书架上的书就全是杂乱无章的，有专门收录神话故事的，有讲爱情故事的，有游记，也有看上去很专业的学术书。总之，五花八门，应有尽有。不过这些书的共同特点就是它们似乎都是明清时期的。这一点是大家从书本的破旧程度和文言文的措辞风格判断的。尽管如此，她们却不敢确定这就是明清的书籍，因为书中文字的风格虽然和那时候的文言文很接近，可是却在细节处有些偏差，读起来怪怪的。但如果硬要说哪里怪，她们也说不出什么来。这种诡异的感觉只可意会不可言传。

这里并没有什么可以帮助她们离开地洞的线索。于是在尽情欣赏了一番这些古籍之后，她们就又回到了隧道里。结果没走几步，又看到了一个门洞。这回她们的胆子都大多了，毫不犹豫地走了进去。

又是一间石室，石室里只有一张石床和一个小石桌，石床上铺着一张破草席，其余别无他物。但是她们在这间石室里感受到了魔法磁场的存在。魔法磁场来自石床，星菀婷跑过去检查，然后在草席之下发现了一张字条。这情景让星菀婷感到很熟悉。这不会又是陶简凝的记忆吧？星菀婷怀疑。陶简凝难道也来过这里？

这时大家都已经凑了过来急着要看字条上的内容。星菀婷也定睛看向字条，哟呵，这还真是陶简凝的笔迹：

黑暗、黑暗、黑暗、光明。

跟之前的字条一样，旁边画着一个圆形，圆形里写着"戳这里"三个小字。

"哦，尘封的记忆！"星菀婷感叹，"难不成陶简凝也遇到过我们现在的情况？她也遇到地震然后掉下来了？"

"你在说什么呀？"星菀轩拿过字条，看了一眼也明白了，"又是陶简凝的记忆，不如我们先看看。"

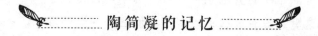

陶简凝的记忆

一片黑暗，一片嘈杂的说话声兼有惊恐的尖叫声。这时一道光线突然从左前方直射过来，光线在四周扫了一圈，让所有人都看清了现在的情况。四个学生跌坐在光滑的石地板上，两男两女。他们身处在一间很大的石室里，石室和星子魔法高校的大厅差不多大。石室前方的墙上有两个散发出微弱亮光的大字"地宫"，墙的两边各有一条隧道，有如潜伏在黑暗中的巨兽的血盆大口。

光线从乔韵月的手中射出。乔韵月的钥匙串上挂着一个小型手电筒，此刻的光线正是来自她的小手电筒。"大家还好吗？"她以惯有的冷漠声音问。

"我没事！"陶简凝用手指梳理了一下凌乱的头发，然后站起来，拍拍身上的尘土，她美丽的脸上带着一种令人宽慰的笑容。"齐另和墨问怎么样？"她看向两个男生。

光线也从陶简凝的身上转移到了两个男生的方向。齐另和墨问都已经站了起来。对于陶简凝的问候，墨问朝着她的方向微笑点了点头，而齐另好似没听见，大步走向后方的石墙。他双手在石墙上摸索着，好像要抠出一扇门来。这时墨问、乔韵月、陶简凝三人也跟了过来，在石墙上敲敲打打。

"我记得我们就是从这个方向进来的。"乔韵月说。

"没错。"陶简凝附和道。突然，她换了一种主持人般的古怪语气说道："我和乔韵月、齐另、墨问吃完午饭正走在科艺楼后面的草坪边时，突然发现有一只蝴蝶撞到了草坪上的一块石碑上。蝴蝶出乎意料地没有撞死，反倒飞进了石碑内部，石碑上泛起了一层涟漪。感到好奇的我们凑过去看，结果齐另和墨问一碰到石碑就被吸了进去，我和乔韵月想要拉住他们，可是也被吸了进去。现在我们却找不到出去的路了……"她还想说什么，却被齐另冷冰冰的声音打断了："陶简凝，现在是什么时候，你居然还有闲心玩你的'录影'，你若是太无聊，就跟我们一起找出口吧。"

陶简凝听了这句话后立刻住嘴了。

"齐另你太凶了。"墨问提醒道，"毕竟她们俩是为了救我们才跟到这个鬼地方的，你就不要说这么尖锐的话啦！"

齐另哼了一声，算是接受了墨问的建议。

四个人在墙壁上摸了半天，也没有摸到出口。这处境令他们所有人都不觉有点心慌，想要从这里出去看似是不可能了。陶简凝回头看看那两条黑漆漆的隧道，紧张地咽了一口口水。不到万不得已，她是不想进入这两条隧道中的任何一条的。想到这里，她不禁懊恼起来，平时也不是没摸过这块石碑，怎么今天这块石碑就这么不正常呢？当她把这个疑惑告诉乔韵月的时候，对方回答她："也许这是隔一段时间才打开一次的门也说不定。"

"各位，我来分析一下局势。"墨问不再试图从墙壁上抠出一扇门来了。"我们想要出去，第一种方法是自己找到路出去，第二种方法是等人来救我们。但是正如乔韵月所说，这个石碑通道不一定还打开着，别人很有可能无法进来

找我们，况且，四个大活人失踪，谁会想到我们是陷进了石碑里呢？所以别人来救我们的概率是很低的。至于第一种方案，我们既然没法原路返回，那么剩下唯一的路就是——"墨问用手指指向前方，"从这两条隧道里走。"

乔韵月用手电筒往隧道的方向照照："可是我们应该走哪条路呢？"

"两条路都差不多，不如抛硬币吧！"陶简凝从口袋里掏出一枚硬币。

于是依照硬币的指示，四人走上了右边的隧道。由持有手电筒的乔韵月打头阵，陶简凝和墨问随后，齐另走在最后。黑暗的隧道里，唯有光线一束和四人轻微的脚步声。在茫茫黑暗中，隧道仿佛没有尽头。

光线一寸寸地舔舐着黑暗。突然间，左侧的光线被黑暗吞没了。乔韵月偏头看过去，是一个门洞。她大胆地走到门前，把光线往里面照。这是一间比教室大一点的石室，里面摆了石几、石凳、石屏风，看上去就像一间会客室。此时另外三人也来到了门洞前，往里张望着。乔韵月干脆走进了石室，陶简凝急忙跟上，墨问也跟了进去。齐另最是不紧不慢，他似乎仅仅只是在跟着前三人走，对这里的任何事物都没有自己的看法。其实他心里也并非没有想法，此刻他和其他人一样，都觉得这间突然出现的石室可能暗藏着什么玄机。不过可惜的是，四人在石室里徘徊良久，也没有找到什么突破口。石室看上去仅仅只是一间会客室罢了，石头小几上摆了一个石砚台，此外还有一支木杆毛笔。毛笔的木杆腐

朽得很厉害。

虽然一无所获，四人在简短的商讨后还是认为：这间突兀地出现在隧道中间的石室一定有问题！可是当他们重新回到主隧道之后，他们却惊讶地发现这条隧道的两侧根本不仅仅只有一间石室！

他们把所有的石室都看了一遍。这些石室大小各异，用途也各异。有的石室内部摆着桌椅，像是饭厅；有的石室里放着一张铺着破草席的石床；有的石室里甚至摆满了古籍！

"这里一定有人住过！"墨问推论，"一定的！"

三人都默默点头，的确，依目前的情况来看，这里根本不是一个地洞，更确切地说，这里应该是一个地下居所。想到这里，陶简凝的眼睛突然亮了。"如果有人住过的话，这里一定有出口！"她笑了起来，"而且出口应该就在这附近吧，不然走进走出多麻烦！"她有些怯弱地看看前方黑暗的隧道。这里只有六七间石室，最后一间石室再往前的隧道看上去比之前他们走过的那部分更加恐怖。前方隧道的石壁并没有经过打磨，看上去危险又诡异。陶简凝不太想去那种没有人类活动痕迹的地方，天知道那里会有什么未知的危险。

"可是我们到目前为止都没有找到那个传说中的出口。"乔韵月提醒道。

四人再次把这一块区域里里外外搜索了一遍，可惜还是一无所获。于是他们便朝左边的隧道探去。左边隧道和右边隧道基本是对称的，在隧道两边同样分布着六七间石室，他

们同样没有在左边隧道发现任何异常。一开始进来的大厅也还是那样，没有什么突破口。至于两条隧道延伸开去的那些还未开拓的区域，四人也尝试性地往两边都走了走，可是并没有什么特殊之处。

"我还是觉得机关应该隐藏在这些石室里。"陶简凝言之凿凿。

"对，这些石室很可疑。"乔韵月赞同地点点头。

此刻他们正待在那间摆满古籍的石室里，陶简凝和乔韵月谈论着自己对于这个神秘出口的猜测，齐另无所谓似的靠在门框上，而墨问拿着乔韵月的手电筒，站在书架前不知道在看什么。看了许久之后，他才把视线从书架上移开了，重重吐了一口气，说道："这里大部分的书都是有关阵法的。我猜测，这里的主人肯定对阵法很有研究。"

"可是这又怎么样呢？"陶简凝问道。

"我猜测，离开这里的方法说不定和阵法有关。这里有一整个书架摆的都是有关阵法的书，我抽出几本看了看，据我的理解，阵法应该是一种通过布局或站位而形成一定特殊影响的魔法。其中有一种阵法叫作——"墨问卖关子似的顿了顿，"传输阵。传输阵是阵法的一种，可以把人传送到别的地方。我猜测，从这里出去的方法说不定和传输阵有关。"

墨问说完这句话后是一阵短暂的沉默，最后竟是齐另打破了沉默，少见地发表了自己的意见："问题是我们谁也不会这个所谓的阵法。"

"翻书！"墨问指指这个书架。

陶简凝惊讶地看着满书架的书本，说："这么多书！我们要翻到什么时候啊？"

"翻书自然是有指向性的。"墨问胸有成竹地解释道，"这些书都是古籍了，说明这里的主人应该也是个古人。他既然能找到那么多有关阵法的书，那么我猜，在那个时代应该不止他一个人会阵法吧！如果从这里出去的传输阵是一个大家都知道的阵法，那么这些会阵法的人不就能随便在他家里进出了吗？所以这个传输阵很可能是他原创的阵法。我们只需要找他写的书就可以了吧！"

"可是你又怎么知道哪些书是这里的主人写的呢？"陶简凝反问。

"很简单！"墨问像是早就准备好了这个问题的答案似的快速接口。"我在书架上找到了这个！"他拿出一本书来，用手电筒照着，"这本书的裁切、装订都相对粗糙，且里面的内容都是手写的，这应该是那个人自己的阵法笔记。连书名都是《石室阵法小录》，这不就更加证实了这本书的作者是这些石室的主人了吗？"

陶简凝和乔韵月鼓起掌来，对墨问刚才的推理很是认同。齐另依旧什么也没说。被两个女生认可的墨问倒是有些不好意思，微笑着摸摸自己的后脑勺。

《石室阵法小录》的作者名叫黄道中，从此书黄道中的自序可以看出来，他确实是这地宫的主人。他们翻到"传输阵"的那个章节，轻易就找到了那种可以离开这里的传输

阵。他们之所以可以这么快就找到，是因为在那种阵法的讲解后面附上的"示例解法"的布阵地形和地宫的地形几乎一模一样，都是一个大厅，两条隧道的格局。这样正方便了他们四个，只消照着这个"示例解法"一步一步做就可以完成阵法了，就算他们之前从未接触过类似的东西，问题也不大，因为据书本上所说，这个小型传输阵的安全系数很高。

四人不约而同地舒了一口气。

第六章
疯狂的口水战

不知道为什么，自开学以来，陶简凝的记忆每隔一段时间就会恰到好处地出现一次。这就好像是在河水里捡到一根小小的线头，当你把线头往外拉的时候，线上拴着的东西也一件一件浮出了水面。

星槿熙长长舒了一口气，记忆中的一切都与她们周围的环境相符合，陶简凝确实到过这里，并从这里成功找到了出去的方法。那么，这是否意味着她们也可以用同样的方法脱身呢？星槿熙走到石室外面，这一条隧道果然和陶简凝记忆中的一模一样。星槿熙大胆往前走，在隧道的尽头，是一个巨大的石厅，高悬着的天花板上雕刻着诡谲的图案。右边的石壁上，"地宫"两个大字散发着微微亮光。星槿熙看了一眼之后只觉得有些不寒而栗，很快就折回去了。

回到藏书室里，同学们已经把那本《石室阵法小录》翻了出来，果然在"传输阵"的那一章节翻到了逃出这里的阵

法。这个阵法非常简单，步骤也写得清清楚楚，即使她们不会阵法，也有十足的把握可以成功完成。想到这里，所有人都如释重负。

星忆风拿起那本《石室阵法小录》，提议道："我们现在就开始布阵吧！"

如果你把地宫的石厅和两边略略弯曲的隧道画成平面图的话，你会发现这个形状就像一只展翅的苍鹰。《石室阵法小录》上所画的就是这样的一张地形平面图，而阵法则需要在大厅的最前方布置，即代表苍鹰头颅的位置。

两边长、中间圆的地形是这个阵法的硬性条件，只要满足了这个条件，接下来要做的就容易很多了，只需要一个人按照图示的路线在大厅前部行走就可以了。若是把这条行走路线画出来，就是一个中心对称的阵法图案。完成这一阵法图案后，所有需要传送的人只需要站在阵法内部，十秒钟后就会被传送出去。

最终，星班的同学们推举了星槿熙来完成这一壮举。因为星槿熙拥有结界，一旦遇到什么危险，她也可以进入结界躲避。阵法的图案并不复杂，星槿熙很快就背出了那个图形，并成功沿着这个图形的路径完成了阵法。在一旁等待多时的同学们赶紧冲进了阵法。十秒钟后，久违的阳光刺痛了她们在黑暗中苦熬多时的双眼。待眼睛习惯这种光线之后，她们发现自己正躺在科艺楼后面的草坪上，旁边矗立着一块其貌不扬的黑色石碑。

　　当十二人穿过校园打算去找干锅鱼的时候，迎接她们的是所有人好奇且惊讶的目光。走到一半路程时，南安之突然蹿了出来，截住星梦渲就问："你们怎么集体失踪了那么久？学校论坛上都被你们的失踪给刷屏了！"

　　直到这时，大家才知道，她们的离奇失踪不仅吓到了老师们，在学生中也掀起了轩然大波。她们虽然对学校论坛上有关她们的评论很好奇，但还是暂且把这份好奇压了下去，打算先去找干锅鱼。她们失踪十二小时以上，干锅鱼肯定都吓死了吧！事实正如她们所料，当她们走进于老师的办公室时，抬眼看到她们的干锅鱼立刻露出一种奇怪的表情，似笑非笑，像是开心，又像是不满，还兼有一种松了一口气的感觉。

　　干锅鱼从昨天傍晚就知道她们失踪了，这完全是因为干锅鱼有星座盘这个神器。在上个学期星露渲变成童话鸟的时候，干锅鱼就是利用这个星座盘来判断星露渲还在校内的。星座盘的底座是一个圆盘，圆盘均匀地分成十二格，每个格子里画着一个星座的标志，还用胶带分别粘着一根头发。星班每个人的一根头发都被摆放在相应星座的格子里。圆盘的中间立着一根竖杆，竖杆的最顶端套着一个单向指针。根据物理学原理，这根指针理应滑落到杆子的最底部才对，但是指针却奇迹般地悬浮在杆子的顶端，并不断旋转。这是因为十二星座的魔法磁场对指针产生了一种均匀的支撑力。所以，只要星班有谁出了星子魔法高校的范围，指针就会在相应星座的格子上空停止转动。然而昨天，干锅鱼却意外地发

现整根指针都毫无生气地遵循物理学原理掉落在了杆子的底部。这说明什么？这说明十二个同学都不在校内了！虽然地宫是在星子魔法高校的地下，但是从星菀轩无法瞬移出去这一点来看，两者之间一定存在着某种可以隔绝魔法的物质，这也就是指针坠落的原因。

干锅鱼询问了门卫，确定十二个同学没有从校门出去后，便把此事报告给领导并展开调查。他们很快就发现了学校的某块草坪上出现了一个洞，洞口大小足以让十二个人掉进去。校方在进一步调查后也认为星班的学生们应该是掉下去了，于是联络了搜救队。搜救队很快赶到，并另打一条竖井进入了地宫。可是无奈地宫里岔路太多，搜救队一直都没有找到同学们。眼下搜救队应该还在地宫里转悠，星班同学们却安然无恙地出来了。

干锅鱼体贴地给她们每人都倒了一杯水，润一润她们十几个小时没喝水的干渴的喉咙，然后才开始询问事情的始末。十二人你一句我一句地把事情说了个大概，干锅鱼沉思片刻，没有说什么。考虑到她们的身体情况，干锅鱼让她们先回寝室休息休息，补充点水和食物。

星菀轩用瞬移带着星菀婷最先冲回了寝室，两人的第一个举动就是拿起自己的水杯，拼了命地给自己灌水。星菀婷自然不用说，她恨不得直接把嘴凑到饮水机的水龙头上，水流进胃里咕咚咕咚的声音清晰可闻，平日里看似安静的星菀轩也大口地喝着水，完全不顾及自己的形象。不一会儿，星棂汐就拖着星墨尹和星于荨飞来了，跟菀轩、菀婷一样，三人脚一着地就开始疯狂地往自己胃里灌水。这也是情有可原的，她们在地宫里十几个小时没有喝水，并且地宫岔路多，在商讨走哪条路的时候，她们也浪费了很多口水，走路流的汗也消耗了她们身体里的大量水分。以前她们从来没有经历过缺水的考验，无法忍耐口干舌燥的她们在重回寝室后自然会拼了命地补充水分。干锅鱼给她们倒的那一杯水根本就是杯水车薪。

等十二人终于满足地瘫倒在沙发上之后，每个人的胃里都装满了水。星菀婷喝得实在太猛了，她现在觉得自己的肚子死沉死沉，感觉很是难受。但她还是立刻打开了关机已久的手机，直接登录星子魔法高校的论坛。南安之说学校论坛都被她们的失踪给刷屏了，星菀婷对大家给她的评价很是好奇。不知道校友们会不会借此来表达一下他们对星菀婷女王大人的崇敬之情呢？星菀婷美滋滋地想着。患难见真情，如果有人在菀婷女王落难之时依然保持着对女王大人的崇敬，那么星菀婷会考虑把此人封为菀国王室盟臣。

星菀婷打开星子魔法高校的论坛，第一眼就看到了最上面的那个帖子："传奇魔法高校的人有完没完！太可恶了！不说话，看截图！"星菀婷把这个帖子的标题读了出来，众人的注意力全被吸引过来了，都等着星菀婷继续往下读。

星菀婷没有点开这个帖子查看详情，继续往下面的帖子看过去，为了满足大家的好奇心，星菀婷把看到的都读了出来："不就失踪了几个小时吗？传高的人至于那么小题大做吗？简直不能忍！"这是第二个帖子。

"什么时候我大星高的事轮到传高管了？"第三个帖子。

"现在大家都对传奇魔法高校感到很愤怒，可是把集体失踪的星班找回来才是重点吧！"第四个帖子。

星菀婷刷新了一下，排在第一位的又换了另一个帖子："喜报！星班同学们毫发无损地回来了！"星菀婷仔细看了一下，发帖人的用户名叫作"南岸"，星菀婷记得这人应该是南安之。

根据目前所看到的情况判断，传奇魔法高校似乎因为星班同学失踪的事情和星子魔法高校产生了某种矛盾。传奇魔法高校也是魔法镇内的一所魔法学校。只不过传高学生所学的魔法并不是自然系的，而是传承系的。

众所周知，星子魔法高校学生学习的魔法隶属于自然系内的星座系。自然系的魔法全都是从日月星辰等自然天体中得到的，而传承系就不同了。传承系的魔法来源于地球产生之初所爆发的那种魔法能量，通俗地说，就是"洪荒之力"。不过，自然系的魔法是源源不断的，而传承系的魔法是有限的。经计算，这种洪荒之力只能给三十二万四千七百五十八个人赋予魔法，如果这些人之中有人死去，那么那一份多出来的魔法就会被赋予一个新的人。也就是说，无论在什么时候，拥有传承系魔法的人都是恒定不变的三十二万四千七百五十八个。

传奇魔法高校自上个学年以来就一直跟星子魔法高校有摩擦。原因是在一年前的魔法镇高中生长跑比赛时，代表星子魔法高校出赛的洛欣岚以绝对优势打败了传奇魔法高校的学生，赢得了第一名。传高的人本来对这次比赛自信满满，认为第一名非他们莫属，可惜洛欣岚的出现打破了传高的美好愿望。

洛欣岚的速度快得简直恐怖，传高的人深信洛欣岚一定是服用了兴奋剂之类的东西。洛欣岚被传高诬蔑，为证明清白不得不去做了一次全面检查。检查结果显示，洛欣岚没有服用任何化学药物或魔药，身体机能正常得很。可是传高的人就是不信，他们总觉得洛欣岚一定是使用了什么星座系魔法的妖术，骗过了检查。这样的诬蔑让星子魔法高校无比憋屈，虽然平日里大家都不太喜欢洛班和洛欣岚，但是在学校荣誉面前，这些都显得不再重要。星高的同学们在两校的论坛上据理力争，感到比赛公平性受到影响的传高也气愤地展开反驳。星高和传高的这场口水战足足持续了两个月。自此，星高和传高算是结了仇。不过当时的星班因为遇到了太多事件，所以并没有特别关注这件事。

"什么！传高的人又来挑事！"星梦渲一下子从沙发上跳起来，找到她自己的手机然后急不可耐地打开学校论坛，点开了那个《什么时候我大星高的事轮到传高管了？》的帖子，然后大声朗读上面的内容，"什么时候我大星高的事轮到传高管了？传高的这群人个个都没脑子，我校星班集体失踪跟他们有什么关系？还说什么'星子魔法高校管理不当'这种蠢话，他们又不是不知道星班是从地震形成的一个坑里掉进去的！地震又不是星高造成的！我看这地震倒像是传高搞出来的，他们不是自称拥有'洪荒之力'吗？"读到这

里，星梦渲忍不住发表意见："传高这群人一天到晚跟我们过不去，有意思吗？不就是一年前咱们洛欣岚跑得比他们快了几秒钟吗？也就传高这些小肚鸡肠的人会一直记挂这个！"

"二楼放了传高论坛上的截图。"星菀婷接话，然后她点开截图，开始给大家汇报截图的内容，"帖子的标题是：论星高在哪些方面输给了传高。"光是标题就让星菀婷很不爽。

"星高没有任何方面输给传高！"星露渲以一种无比响亮的声音说道。这声音有如革命的旗帜，激发了星班所有人的热情，纷纷追问菀婷下面的内容。

星菀婷听从指挥，接着往下读："我会在此给出一个绝对中肯的评价，证明两校之间的差别——哦，不，应该说是差距。众所周知，学习魔法的基本条件就是身体健康，但是星子魔法高校对于学生的健康似乎非常不重视。传高的人应该都知道，在一年前的魔法镇高中生长跑比赛中，星子魔法高校的洛欣岚同学以快了九秒的优势打败了我校的戚与云同学。毫无疑问，洛欣岚一定是使用了星座系的某种特殊魔法，才取得了如此之好的成绩。整个传高都见证过戚与云的速度，星高一个名不见经传的洛欣岚怎么会以如此大的优势超越了戚与云呢？这显然是不现实的。但是，一般来说，这种可以暂时大幅度提升奔跑速度的魔法或药物，对身体都有或多或少的负面影响。星子魔法高校为了赢得比赛，居然不惜伤害学生的身体！这是何等的残忍可怖！不知道洛欣岚同学现在有没有从这种伤害中缓过劲来，虽然她是星高的人，但我还是希望她能尽快恢复健康！近来又出现星子魔法高校星班学生集体失踪一事，此事再次突显了星高对于学生的健康是何等的不重视！星班的同学们是由于不巧站在一块因地震而架空的草皮上才掉下地洞、生死未卜的。像这种危险的地方，星子魔法高校早就应该警告学生注意了，但是他们显然没有给出这样的警告。也许星高老师们的时间全都用来研究如何巧妙使用魔法使星高在所有的比赛中取得胜利了。我在此祈祷星班同学能被救出来，虽然是星高的人，可是好歹也是十二条生命。"

星菀婷读着，感觉自己快要吐血了！这传高的家伙怎么这么可恶？还说什么自己给出的是一个"绝对中肯的评价"，这人的字字句句明显都是针对星高的好吗！星菀婷下定决心，她读完这个帖子之后的第一件事就是去传奇魔法高校的论坛大闹一番。

"传高的都认为这家伙说得好。"星菀婷的手指不住地在屏幕上滑动着，汇报道，"哦，终于看到了一个星高的！"她惊喜地发现了一个己方阵营的人，仔细一看这人的用户名……这人的用户名是"锦官城"，星菀婷立刻宣布："这是洛花重！哈哈，你们听听洛花重说了什么！她说：'作为星子魔法高校洛班的一分子，我可以负责地告诉你，洛欣岚这一年以来身体倍儿棒，吃嘛嘛香，没看出有任何所谓的什么后遗症。'哈哈哈！洛花重太给力了！她还说：'也许拥有洪荒之力的传高可以在地震后半天之内找到传高

所有因地震而架空的地皮并对学生提出警告，但是，请不要把你们这方面的天赋强加在我们头上。'哦，洛花重真是我们星高的一员大将啊！"洛花重的反驳让星菀婷感到心情格外舒畅。

"现在的口水战主战场在传高论坛。"星墨尹汇报着最新情报，"想参战的都赶紧过去！"她抬起头一看，大家已经埋头加入战争了，她也连忙加入。

由于星子魔法高校的上课时间到了，星高这边的进攻暂停，传高的气焰愈发嚣张。星班的人因为被关照"好好休息"而成为了星高现在仅存的一股战斗力量。她们看了这局势，一种慷慨赴死的熊熊斗志油然而生，尤其是星梦渲，她平时也经常参与到各种各样的口水战中，对于这种事情很有经验。她的眼睛直勾勾地盯着屏幕，手指的动作快到简直出现了重影！

"传高的人真是……"星墨尹一副嫌恶的样子，摇了摇头，"我都不知道该说什么了！有个传高的蠢货，星高的人一说话他就回复'呵呵'！"她满脸都是忍无可忍、看不下去的表情，可她手指翻页的动作依然没有停止。"听听这人在说什么！这人说：'到网上搜了一下，发现四年前星子魔法高校的应届毕业生中有一个班的人在参加毕业同学会的时候遇到火灾，去参加同学会的十一个人全都死了。看来星子魔法高校的学生不仅人品差，运气也不好。我们传高好心劝你们改邪归正，你们怎么就是不听呢？长跑比赛那件事我们就不追究了，但是我们传高劝你们多关注学生的生命安全有什么错？居然还有脸过来漫骂？星高的人真是脸皮厚得可以，希望你们的运气不要像四年前死掉的十一个人一样烂！"这傻瓜，四年前的破事还拿出来献宝似的显摆！吵架最讨厌的就是翻旧账了！切！还附了那条新闻的链接！这人无聊不无聊——他们主动挑起事端，我们自然奉陪到底！还说什么我们脸皮厚！"她不屑地撇撇嘴，扭开头去，好像这些文字多看一眼都会污染她的眼睛。

另外几人也都咂嘴表示赞成星墨尹的观点。

星棂汐也发表了几段表示力挺星高、唾弃传高的话，她自认为自己写得好极了，于是挑选了其中一段读给大家听。"你们看见我发的那些了吗？"她先是这么问道，不过她显然并不在乎别人所给出的答案，她没等大家回答就开始读了，"我说：'星班的人已经自行脱困，且毫发未伤。试问若是星高的人运气不好、人品恶劣、实力不强，那星班又是怎么在半天时间内自行脱困的呢？'"可惜大家都忙着打字，没工夫理她。她无奈地耸耸肩，绕到星梦渲背后去看她说了什么。

这时，宿舍的门突然被推开了，星棂汐一愣，朝门口的方向看去，只见干锅鱼目瞪口呆地看着表情坚毅、手指如飞的各位同学，大概是没想到刚刚从地洞脱险的同学们精神状态会这么好。然后，她很快就反应过来，宣布道："你们上午的课可以不用上了，但是下午的课程照常。"

一听这话，星棂汐就有点郁闷了，她本来以为善良的学校领导们不会吝啬多给她们一点休息时间的。她们可是被困

在地下大半天啊！可是显然校领导们并没有她想象的那么慷慨。

于是，下午当她走进教室的时候，她郁郁寡欢。在看见了教室满地狼藉的那一瞬间，她的心情更糟糕了。

前几天的地震虽然并没有威胁到广大民众的生命安全，但是对大家的财产还是造成了一定的损害。同学们课桌里的一部分物品就被震到了地上，不过好在其中没有什么易碎品，捡起来塞回去就是了。可是教室后墙上挂的钟就遭殃了。可怜的挂钟摔到了地上，破了一个口子。但是地震对它造成的伤害不止于此，当星椋汐凑过去看的时候，她发现挂钟的指针已经停止了转动——挂钟被摔坏了。

"看来我们得重新买一个钟了。"星忆风不知道何时出现在了椋汐身后，她弯腰看着地上那可怜的钟，惋惜地说道。

教室里是如此，那么空教室里又会是怎样的光景呢？星菀轩突然有一种不好的预感。

当她和星菀婷走进空教室的时候，眼前的景象让星菀轩松了一口气。还好，不算太糟糕。空教室里本来东西就不多，一场地震之后，不过是又有几张奖状和那个后墙的挂钟掉在了地上罢了。星菀轩走到教室后方去看那个挂钟，这个挂钟比星班教室里的挂钟坚强得多，除了表面有点凹陷之外并没有什么大碍，秒针还在一格一格转着，时间也是准的。

黑白两色简洁风格的挂钟嘀嗒嘀嗒地走着。

　　星菀轩突然发现地板上除了钟以外还有一样东西——那是一张写着字的纸片。几乎在看到纸片的一瞬间，星菀轩在心里就认定了这是陶简凝的记忆。不知道为什么，自开学以来，陶简凝的记忆每隔一段时间就会恰到好处地出现一次。这就好像是在河水里捡到一根小小的线头，当你把线头往外拉的时候，线上拴着的东西也一件一件浮出了水面。所以星菀轩已经有了惯性思维，每次她在莫名其妙的地方看到写了字的纸条，就会下意识地认为是陶简凝的记忆。

　　星菀轩捡起纸片，熟悉的清秀的笔迹和熟悉的诗歌般的语言让星菀轩坐实了自己的猜想。字条上是这么写的：

　　　　立于巅峰方可被全世界所见。

　　奇怪，陶简凝前几张字条的语言都相当温柔，直戳你心中最感伤的地方，而今天的这张字条上的语言带了一丝冷峻的意味。星菀轩不明白这是为什么。陶简凝难道不是一个钟情浪漫主义的文艺女青年吗？怎么突然玩起理性思辨了？她再仔细读了几遍，却渐渐品出了一些别的意思。至于是什么意思，她也不太说得上来。

　　星菀婷很快就发现星菀轩这里有情况，早就蹲在了星菀轩的后面跟她一起看着这张字条，不过当星菀轩向她问及这次陶简凝的语言风格有所改变这件事时，星菀婷却是很不给面子地表示她什么也看不出来。星菀轩也知道会有这样的回答，不再逼问星菀婷。然后，两人数了"一二三"，一起进

入了回忆。

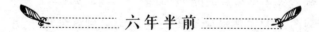

六年半前

"经过一个学期的相处，相信大家对彼此已经很熟悉了。"窗外阴云密布天空，蘸满了将落未落的雨水。教室里的日光灯尽数亮起，值日生在上课铃响之时匆匆擦过的黑板还留有几个数学公式。雷老师站在仅剩一半的公式前，时髦的大风衣挡住了等号后面的半个 x。

雷老师是星子魔法高校高一（2）班的班主任，同时兼任他们的占卜课老师。雷老师的年纪不大，只有三十岁上下，相貌又十分漂亮，加上她亲切的笑容，总给别人一种大学刚毕业的错觉。

此时正是（2）班的班会课，雷老师双手背在身后，以她一贯带着笑音的语气说道："相信在座的各位都知道，今天我们要选出一名班长。经过同学们的投票，我们已经产生了三名候选人，票数最高的是陶简凝和墨问，他们都是十一票，然后是乔珮，八票。现在我们欢迎三名同学分别进行竞选发言！"说完，雷老师率先鼓起了掌。所有人也都跟着雷老师鼓掌，除了一个人。他坐在教室的最后一排，穿着一件普通的黑色外套，外套的扣子一直扣到最上面。教室里的同学神态各异，有的紧张，有的从容，有的兴奋，有的不甘，可他却面无表情如一尊蜡像，仅仅是随意地靠在椅子背上，仅仅是漠然地看着周围的一切。

齐夃怎么看都不像是这个世界的人。

他平静地看着陶简凝略带紧张地捏着手里的黄色便笺走上了讲台，这平静在一片压抑着的躁动中显得格格不入。但他并没有感到一点不妥，因为他从来都是这样，所有人也都习惯了他的突兀。

台上，漂亮的女孩子开始说话了："大家好，我是竞选人之一陶简凝。"她略略欠身。这声音似乎在一瞬间把齐夃带回了这个世界，齐夃略略偏头，目光自然地转移到了陶简凝的脸上，神情却保持着一如既往的无动于衷。

"大家都知道，在上个学期，我一直担任着我们班的临时班长，这一个学期以来，我也学到了很多……"

齐夃并没有兴趣听这些话。他仅仅是看着窗外的天。灰白色无边无际地蔓延了齐夃的整个视野，像这种将雨未雨的阴沉天气，窗外的风景最是乏善可陈。可齐夃就是用心地盯着那分不出远近高低的颜色，好像在试图从中看出些什么来。可能是因为对他而言，那很远很远的天际才更像是他的世界。

总之等齐夃再次暂时性地回到这个星球上的时候，三名候选人都已经发言完毕。雷老师给每个人发了一张小纸片，要求大家在纸片上写下自己的选择。因为候选人已经缩减到了三名，所以每人只能投一票。

齐夃拿起笔，仔细地盯着面前的纸张。纸张是文印室里的A4纸裁成的，泛着一种漂白粉的荧光色泽，白得有些刺

眼，让齐另不觉想到了刚才窗外与之相反的灰蒙蒙的天。他仔细思考了一下，最终在纸上写下了乔珮的名字。没有原因，齐另也不知道自己为什么会做出这个选择。他明明知道陶简凝和墨问的能力都比乔珮更强，可是他就是做出了这个带一点恶趣味色彩的决定。也许他只是不容许陶简凝的风头更盛，他只是不希望墨问的实力被所有人认可，也许只是明白在陶简凝和墨问的面前，乔珮极有可能一票都没有，所以他才会以一种近乎施舍的姿态给予她一点尊严——对于齐另来说，这种机会并不常见。因为他似乎永远都是被施舍的那个。

雷老师拿起黑板擦，擦掉了黑板上那几个剩下一半的公式，用白色粉笔依次写上三名候选人的名字。然后她放下黑板擦，拿起那一小叠刚刚被交到讲台上的选票，照着每一张选票开始在三人的名字下方画"正"字计数。投票结果很快就揭晓了：陶简凝五票，墨问五票，乔珮两票。

看到这个结果，雷老师很为难，她看了看陶简凝，又看了看墨问，正准备开口——"雷老师，我退出！"一个令人意想不到的声音截住了雷老师的话，也打断了齐另原本就纷乱的思绪。齐另看向刚才猛地从座位上站起来的陶简凝，因为他坐在陶简凝的正后方，所以只能看到她的背影，看不到她的神情。齐另猜测那应该是一种大义凛然的表情，他冷笑一声，陶简凝在竞选结果即将揭晓之时说出这样的话，其目的无非就是以退为进来达到自己的目的罢了！不管雷老师刚才心里属意谁，陶简凝这一嗓子肯定成功引起了老师的关注，接下来再略略推辞一下，谦让大度的形象就完美了，试问这样优秀的候选人雷老师怎么会轻易放弃呢？可算是高明啊！

陶简凝接下来所说的话更加让齐另证实了自己的猜测，她顿一顿，说道："雷老师，我觉得墨问比我更适合这个职位。虽然我也希望能成为班长，但我以临时班长的身份参加竞选，票数还只能和墨问持平，说明墨问的人气确实更加胜人一筹，更何况墨问的确是有担任班长的能力。"

全班都把目光聚焦到了陶简凝的身上，认真地听她讲述着她在担任临时班长期间有多次在问题面前一筹莫展时被墨问点醒，又列举了数桩证明墨问能力的事例。然后，雷老师赞扬地点点头，答应了陶简凝的请辞，墨问成了高一（2）班的正式班长。

齐另仍然只是觉得可笑。陶简凝把自己推上众人焦点的举动，在齐另看来，是再明显不过的炒作，只不过这次她的力度似乎用得太大了。

星菀轩突然明白陶简凝在字条上写的是什么意思了，想着，她心里不由得有些莫名感伤，一时间竟盯着地板上的钟一动不动。可是每当星菀轩忧郁的时候，星菀婷总是会把所有青涩的情绪给破坏掉。

"这字条是什么意思啊？既然陶简凝说要'立于巅峰'，那为什么还要放弃当班长的机会呢？"星菀婷一手拎着字条拼命地抖，一手在星菀轩眼前晃来晃去，希望把"沉

睡的星菀轩"唤醒。

星菀轩被她吵得不耐烦，抬起头来："立于巅峰又不是一定要拿到最高职位！也不是一定要当班长！陶简凝说'立于巅峰方可被全世界所见'，这句话的重点在于后半句而不是前半句！"

星菀婷似懂非懂地点点头："哦，所以说陶简凝只是要引人注目啊……可是为什么呢？"根据前几次的回忆，她觉得陶简凝不像是那种爱慕虚荣的人啊！

"你猜猜看咯。"星菀轩敷衍道。在她看来，这是再好猜不过的事情了。

正如星菀轩所料，星菀婷猜不出来。于是星菀轩站了起来，把地板上的钟重新挂回了墙上，挂钟磨砂质感的外壳反射着柔和的天光。

星菀轩摇摇头："唉，怎么这里的钟质量这么好，教室里的钟却一摔就坏呢？"当初星忆风买钟的时候一定没有考虑过钟的质量问题。

"也就是说，我们在空教室里发现了第五张字条。"上自习课的时候，星菀轩压低了声音对星子夜说着今天的经历。星菀轩对于这些回忆展露出了不亚于学习的热情，居然难得一见地在自习课上开起了小差。

星子夜认真地点点头："嗯，可是这段回忆又是什么意思呢？"自从星班同学一起在地宫里发现了一张字条之后，星菀轩就把她所收集的全部字条都拿了出来，给大家评鉴了一遍。因为星菀轩觉得，信息的共享会有助于她去揭开"回忆的秘密"。在她看来，她们这个学期接二连三地发现回忆一定是有什么原因的，而这些回忆中，也一定隐藏着一个"隐秘的传说"等待着她去发现。可惜，在这几条回忆中，同学们只提炼出了一个不知道是否有用的信息——陶简凝喜欢齐另。至于别的，也没有什么新发现了。星菀轩打算等什么时候有空了再让大家看看新发现的那张字条，说不定第五张字条会出现什么转机呢？所以面对星子夜的反问，星菀轩多多少少有些失望，她刚想说些什么，就听到萧老师的声音响起，正在开小差的星菀轩吓得一下子缩回了自己的座位，拿起笔对着面前空白的试卷装出在思索的样子。

　　好在，萧老师并没有把矛头对准星菀轩，这让星菀轩大大松了一口气。实际上，萧老师叫的是星棂汐的名字。

　　今天自习课坐镇星班的萧老师正在讲台上批草药课的作业，她这会儿叫到星棂汐，想必是她的作业有什么问题了。菀轩看到前排的棂汐从桌上快速抄起一支红笔，然后快步走到讲台前听候萧老师的发落。

　　"你看看你错的都是什么题目！"萧老师压低了声音责问道。虽然声音很轻，但是在安静的教室里，所有人都能听得很清楚。"这题问你'特洛斯奇变异的原因是什么？'，你不是自己也养着一棵变异的特洛斯奇吗？怎么答错了呢？"

　　星棂汐露出恍然大悟的表情："萧老师，我把特洛斯奇看成特洛斯塔了！"她紧张地看着萧老师。

　　萧老师突然从座位上站了起来。"各位同学，我发现很多人都会把特洛斯奇和特洛斯塔给搞混——"不上草药课的八个同学立刻低下了头打算自己写作业，但是萧老师的命令让她们重新抬起了头，"不学习草药的同学也应该听听，特洛斯奇和特洛斯塔是很重要的内容，你们的魔法课上以后也会遇到的！"她拿起一支粉笔在手里晃来晃去，却并没有用粉笔写字。"特洛斯塔是一种常见的魔法植物，可以变异成特洛斯奇。变异的条件是——"她用粉笔指着星棂汐，问道，"你说是什么？"

"是——结果期的特洛斯塔经历一场有人死去的火灾！"星棂汐略带结巴地回答道。

萧老师点点头，继续发问："那么，产生变异的是特洛斯塔本身还是果实呢？"

"特洛斯塔本身会被烧死，果实会加速成熟，果实内部的所有种子都会变异成特洛斯奇种子。"这一次星棂汐回答得顺溜多了。

"嗯，这是特洛斯塔到特洛斯奇的变异。"萧老师对星棂汐挥挥手示意她回到自己的座位上去，然后继续说道，"特洛斯奇也会发生变异，变异特洛斯奇的植株高度会缩减至正常高度的十分之一。这个变异的条件是：特洛斯奇或特洛斯塔变异成特洛斯奇之前一天以内，种子受到魔法磁场的干扰……"

星子夜看看窗台上棂沙种的那棵变异特洛斯奇，它现在已经有拇指那么高了。不知道什么时候才会开始喷火。星子夜想，若是它开始喷火的话，不会烧到自己的作业吧？想完这些事后，星子夜发现，萧老师已经停止讲话了。于是她也赶快把注意力集中到面前的作业上，祈祷着能及时把作业写完。

当星子夜终于一头从几何的海洋中挣脱出来的时候，已经下课了。作为魔法课代表的星雪落这时也走到了担任魔法小组长的星子夜身边，催促星子夜快点把她们这一组的作业给收起来。星子夜拿出自己的作业本，又回头向星菀轩要作业本。

这时，星菀婷一脸激动地对星菀轩说着魔法镇潭间路上开了一家看上去很不错的咖啡厅，自己很想去云云，而星菀轩似乎对此也挺感兴趣的，一边跟星菀婷商量着星期天去那里转转，一边把桌上的魔法作业本交给星子夜。

"我记得潭间路好像有一家钟表店来着。"一旁的星雪落凑过来。

星子夜点点头，她也有这个印象。路痴星菀婷一脸茫然地摊摊手，她虽然一口一个"潭间路""潭间路"地讲得比谁都顺溜，可是其实她也不知道潭间路究竟在哪里。这也正是她执意要拉着星菀轩一起去的原因。

得到星子夜肯定的回答，星雪落对星菀轩说："那么，你们顺便去那里买个钟回来挂教室里吧，原来那个钟怕是修不好了。放心，买钟的钱一定会从班费里报销的！"

星菀轩爽快地答应下来，而星菀婷依旧没搞清潭间路究竟在哪里。

星期天，星菀轩和星菀婷按照计划打算去潭间路先喝咖啡再买钟。星菀婷到了咖啡厅门口才惊讶地发现，原来这家咖啡厅正是上次她跟踪龙应运等人所去的那家。

星菀婷觉得这家咖啡厅是她的伤心之地，于是她一进店就点了一杯最苦的咖啡，打算一边哀叹，一边和着眼泪把苦咖啡和悲伤一起吞咽。可结果她才喝了一口就忍不住把咖啡全吐到了烟灰缸里，然后去吧台要了十来管糖和五六盒奶精，尽数倒了进去，这才感觉能入口了。

"悲伤哽塞了我的咽喉。"星菀婷一本正经地解释道，把那个吐满咖啡的烟灰缸推得远远的。

出了星菀婷的伤心之地后不远，她们就看见一家名为"剪月"的钟表店。店面装修得令人赏心悦目。店内的墙上挂满了各种各样的钟表，嘀嗒嘀嗒地走着。柜台的后面坐着一位老人，老人正扶着老花眼镜认真地看报。星菀轩没有打扰他，和菀婷小声讨论着要买哪个钟。

看了一会儿，星菀婷发现这家店里的钟表有几个共同点。其一，钟表外壳无论是何种颜色，均由磨砂金属制成，手感舒服，光泽柔和；其二，钟表颜色简约，每一个钟上的颜色都不会超过三种；其三，钟表皆是此店的原创设计（星菀轩从商标上发现了这一点），并没有其他品牌出现。

就星菀轩个人而言，她还是挺喜欢这种风格的。她一连看中了好几个，犹豫了好久都没决定该买哪一个。最终，她和星菀婷商议决定挑了一个橙蓝相间、视觉冲击比较强烈的钟。可惜这钟挂的位置太高了，她们摘不到。星菀轩就去请那位老爷爷把钟给摘下来。老爷爷没有去摘墙上的钟，而是从仓库里拿出了一个同样的钟。

"这些钟，都很好看吧！"老爷爷笑眯眯地挑起了话题，捧着钟走到柜台后面。

星菀轩十分确定地点点头。"嗯，设计非常不错，是您设计的吗？"她好奇地问道。

提到这里，老爷爷脸上的笑容更灿烂了。"是我孙女设计的，她在大学里就是学设计专业的，今年刚刚大学毕业……这家店名也是她给起的，说'剪月'二字是从古诗词中来的，一个是'剪不断'，一个是'月如钩'，皆是《相见欢》中的词句……"老爷爷说起自己的孙女就不停口，"我说我当年也是村子里的第一个大学生，也知道李煜的'无言独上西楼，月如钩。寂寞梧桐深院锁清秋。剪不断，理还乱，是离愁，别是一般滋味在心头'。只是奇怪她为什么要把相离这么远的两个字拼凑在一起……你们猜她说什么？"

"说了什么？"星菀婷好奇地问。

星菀轩看着老人正把钟塞进一个漂亮纸盒里，忙说："不用包装了，我们不是买来送人的。"

"看起来心情也会好一点嘛！"老人点点头。

"说了什么？"星菀婷锲而不舍地追问。

"她说离愁是能被时间剪断的，但是月光却无法被剪断。"

"您的孙女真有文采！"星菀轩感叹道。

"唉，文采什么都是虚的，我不盼她才华横溢，不盼她成名成家，只盼她能快快乐乐过一辈子。"老人摇摇头，略带惆怅地说，"几年前她受了些刺激，自此便难以走出困境，愈加寡言少语……不知道要什么时候才能缓过来……"

星菀婷开口打破了这略显忧郁的氛围："咦？这钟怎么不走啊？"她透过包装盒上透明的一部分看进去。

"还没装电池，装了电池就能走了。"老人回答。

星菀轩和星菀婷完成了买钟的任务，还顺路在小卖部里买了两节电池。

对于这个钟，大家都表示很满意。可是，当她们把电池装进去之后，却发现钟并没有走。

"钟坏了。"星槿熙检查一番之后宣布。因为她的物理比较好，所以这种事情她最有发言权。

"吓！"星菀婷手一拍桌，"那老板不会坑了我们吧？"桌面上的书随着她的动作全掉到了地上。

桌子的主人星玄枫眯起眼睛看着她。

星菀婷手忙脚乱地把书都捡起来摆好，然后讪笑着说："玄枫啊，你也不应该把课本叠得这么高啊！"

"你的书好像叠得更高。"星玄枫指指星菀婷的桌子。桌子的一角摆着一座巍峨的书山，摇摇欲坠。因为懒得整理书桌，所以星菀婷总是爱把所有的书统统叠在桌面上。

星菀婷立刻转移了话题："那么这个钟该怎么办呢？"

"小票还留着吧？"星玄枫被成功转移了注意力。得到

星菀轩肯定的回答后，她说："那自然是下个星期再去换——"

砰！拍门的声音打断了星玄枫的话。所有人都朝门口的方向看去，只见星露渲满头大汗地站在门口，脸边的发丝凌乱地紧贴在脸上，她似乎是狂奔着回到教室的。不知是什么原因，她面色发红，看上去相当兴奋。

"传高……"她喘着粗气。几次夸张的喘气之后，星露渲终于完整地说出了一句话：

"传高和星高的人打起来啦！"

第七章
无风不起浪

　　洛乘风的脸上还带着泪，但她昂
首挺胸，一副大义凛然的样子大跨步
走进教室。洛花重唯恐触怒何老师，
低着头做贼似的跟在洛乘风后面。而
何老师心头的火还没有消下去，满脸
阴郁地进了教室。

　　星露渲打开手机视频，只见两个情绪激动的女生站在同
伴身边，一边哭一边带着强烈的主观色彩讲述事情的始末。
虽然星露渲手机的像素很低，但星班的同学们还是认出了其
中一个情绪激动的女生就是星子魔法高校高二洛班的洛乘
风，而她身边站着的也多是洛班的同学。

　　星高政教处的何老师也在。何老师总是神出鬼没，除了
授课以外，他平日的工作大多是躲在校园里某个阴暗的角
落，用一只贴着凯蒂猫头像的照相机对同学们的种种行为捕
风捉影。除此之外，就是处理一些令所有人头大的严重违纪
行为——比如这次发生的这种。

在一片嘈杂声中，突然爆发出了一个极响的声音。"她侮辱我爸妈！"洛乘风尖叫着指着边上那个刚和她打了一架的传高女生。她喊得声嘶力竭，裸露在外的手臂上青一块紫一块，领口处还有三道被指甲抓出的血痕。

"明明是你先侮辱我们传高师生的！"一个更响、更尖锐的声音回击道。那人还想再说什么，却被一个穿着传高校服的男生制止了。

"那男的是传高的学生会主席，叫卓少兼。"星雪落插嘴。传高的底细被她摸得很清楚。

洛乘风哭得更大声了，传高的那个也毫不示弱，两人一起哭起来。狭小的快餐店里乱成一团。

"戚与云，别哭了！"卓少兼不耐烦地开口，"你们两个在快餐店里打架已经干扰了人家做生意，老板都没哭，你哭什么？"

听到这话，两个女生的哭声都戛然而止，似乎也是意识到了自己干了不好的事情。洛乘风还是不依不饶地轻声说了一句："若不是她侮辱我爸妈，我也不会打她。"

"这么说是你先动手的咯！"何老师敏锐地抓住了话里的关键词，"但是洛花重，当时你也在场吧！你为什么没有阻止洛乘风呢？"

"我没有先打她！"洛乘风吼道，"我只不过是把一块牛排甩到了她脸上，然后她居然跳起来就要打我！"

洛花重看起来都快被吓出心脏病了，也不知道是对刚才的打架场面心有余悸，还是害怕何老师。她脸色惨白地说："我劝了啊！她们打架的时候，我一直在旁边喊话来着！"

"喊了什么？"

"我喊，兵不血刃才是最高境界！打架算什么？但是她们两个都不听啊！我的身体素质也是真的不好，不敢上去劝架啊！"说到这里，洛花重有些不好意思。她以往舌战群儒，这次居然没有劝架成功……

"不，武力才是解决问题的最佳手段！"洛子秧不干了，她可是以过硬的身体素质跻身洛班危险值排行榜第二位的啊，"洛乘风，下次你要是再遇到这种事，千万要记得叫上我！"

"没错，这种有意思的事情理应叫上我们全班一起参与。"洛盈光赞同道，"但是，我还是坚持，整人才是最好的方案……"

屏幕突然黑了。

星露渲解释道："我只拍到这些，再不回来就赶不上最迟返校时间了！"

所有人都感到遗憾，埋怨着星露渲怎么不早一点去围观，早一点过去就能拍到更多了，说不定还能拍到打架的场面呢！可是星露渲也没有办法。她也是在街上偶然听说传高和星高的两个女生在某家快餐店里打架的事情的，当她赶过去的时候，架已经打完了。

　　"但是我们说不定有机会得知事情的进展。"星忆风肯定地说。

　　"为什么这么说？"星梦渲立刻好奇地问。若是能在第一时间得到此事的资料，在接下来星高和传高必将越来越激烈的口水战中，他们一定会占据优势，她对此相当感兴趣。

　　"因为我还没有退位啊！"星忆风解释道。学生会一直要到十一月末才换届，所以虽然已经是高三的学生了，星忆风还是掌管着学生会的大局，只不过分了更多的事情给主席团中的高二学生完成罢了。

　　星雪落激动地说："现在就是需要星忆风出场的时刻。对了，你们知道传奇魔法高校的管理制度吗？"

　　星墨尹问："学校的'管理制度'？这是什么概念？"

　　"差不多就是学校的一些特色管理方案啦！"星雪落胖乎乎的右手在空中灵活地画了一个圈，看大家还是挺茫然的，便继续解释道，"比如我们星高的管理特色就是：只要不是特殊日子，学生都不需要穿校服；对于卫生方面的管理非常严……诸如此类的。而传高的学生都是要天天穿校服的……不不不，校服什么的并不重要！重点是，传高的学校管理非常倚重学生会！为了锻炼学生的能力，彰显学校特色云云，他们学校有相当多的事情是由学生会全权负责的。此外，数年前学校内部还出现了一个学生社团——月出会，该社团在校方的默许下以自己的方式与学生会合作管理学校的大小事宜。比如这次打架事件，星高是何老师与洛班的几个学生出面的，而传高只有五六个学生前来，学生会主席和月

出会老大也在其中。"

星雪落把星露渲的录像调到某一时间点，指着屏幕说："这是学生会主席卓少兼——刚才跟你们说过的——还有就是月出会老大温湛心，在这边。"众人朝着星雪落所指的地方看过去，那是一个穿着传高校服的长发女生，看上去很温和，和那些围观群众没有太大的区别——她们原本以为所谓的"月出会老大"会是一个像洛北望那样周身戾气或是像洛玉诀那样气场强大的人。但是仔细想想，即使是洛玉诀，大部分时候看上去也是一副正常人的样子，并不是走到哪儿都带着强大气场的。温湛心说不定也是这种深藏不露的人。

"所以，有关这件事的交涉，传高极有可能让学生出面。这样我方的老师自然也不好插手，那么星忆风就会作为代表出面交涉。"星雪落继续解释道，"在信息传递上，我们星班还是能先人一步知道发生了什么事的。"

说话的当儿，门口传来洛花重的声音："何老师请星忆风去一趟政教处。"与视频里一样，洛花重的脸色依旧不太好看。

星忆风走了，星菀轩也站了起来。"走吧。"她招呼星菀婷，"我们今天还没扫空教室呢！"

星菀婷抱怨着走了，说那间空教室天天掉墙灰，扫和不扫一个样儿。

刚推开政教处的门，星忆风就感受到了一种压抑的气氛。何老师手里捧着他的凯蒂猫照相机，坐在椅子上，对面是被药水涂得红一块紫一块的洛乘风。洛乘风恶狠狠地瞪着何老师，何老师也恶狠狠地瞪着洛乘风。几个高一的学生蹲在墙角，正在分拣试卷。洛花重赶紧跑过去站到洛乘风边上，垂下头，活脱脱一副鸵鸟状。星忆风也不知道自己应该站在哪里好，尴尬地走到洛花重的斜后方。

"星忆风，来了啊。"何老师点点头，不再与洛乘风对视，开始叙述事情的始末，"今天下午，高二的洛乘风在校外动手打了一个传奇魔法高校的学生——"

"我都说了不是我先打她的！"洛乘风瞪着眼大吼道，两道眼泪从她的眼中流下来，看起来好像受了天大的委屈，"难道把牛排甩到对方脸上也能被称为'打'吗？"

墙角那几个分拣试卷的学生好奇地抬起头看过来。

"何老师，她说的有道理。"洛花重怯怯地抬起头解释道，"从字典释义来看，甩牛排确实不算……"她又低下了头，因为何老师也恶狠狠地瞪了她一眼。

作为政教处的一员，何老师一向对善于惹是生非的洛班毫无好感。看了墙角那几个好奇的学生一眼，何老师一声令下："换个地方说，出去。"

离门最近的星忆风第一个走出了政教处，但也不知道该往哪儿去，便看着何老师。而何老师在附近看了半天也没找到适合对洛乘风大发雷霆的地方，正考虑着要不要回政教处把那几个学生赶到走廊里分拣试卷的时候，星忆风突然提议："要不去我们班负责打扫的空教室吧？"透过政教处走廊镂空的墙壁，她能看到星菀轩手里还拿着一块抹布站在四

楼空教室门口的走廊上朝她挥手。

何老师点点头，几人朝不远处的空教室走去。

来到空教室门前，何老师对正蹲在门口擦瓷砖的星菀轩解释道："因为今天下午发生了一点事——"

"我都说了不是我先打她的！"洛乘风的吼声整幢楼的人都听得见。

"没人说是你先打她的！"何老师终于被惹火了，大声喊道。

"总之，要借一下空教室来处理事情啦！"星忆风讪笑着把何老师没有说完的话给说完了。

星菀婷听到这话，心里立马就答应了，她认为这样她说不定能在门口听到些什么有意思的事情。于是，她扔下扫帚，从教室里跑出来，急切地表示同意。

洛乘风的脸上还带着泪，但她昂首挺胸，一副大义凛然的样子大跨步走进教室。洛花重唯恐触怒何老师，低着头做贼似的跟在洛乘风后面。而何老师心头的火还没有消下去，满脸阴郁地进了教室。

洛乘风又很不甘地喊了一句："不是我先打的，是她先打我的！我是正当防卫！"

"闭嘴！"何老师被气急了，砰地把门甩上。他能忍到现在已经很不容易了。

关门的巨响把星菀轩和星菀婷都吓了一跳。随即，她们就注意到有一张黄黄的小纸片晃晃悠悠地从门上方小窗子的

窗棂缝里掉了出来。

陶简凝的记忆！两人对视一眼。

字条上，依旧是一句诗，只不过这次的诗稍长一点。

> 于是就像自拘象牙塔的公主，在黑暗即将降落之时，朝着星光，被你拯救。

"这人自比公主啊！"星菀婷不屑地咂咂嘴，"太自恋了吧！"

"你不是还自称女王吗？"星菀轩提醒道。然后，两人一同按下手指，进入了记忆。

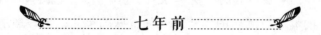

七年前

对于全校只有二百一十六名学生的星子魔法高校来说，期中的家长会是一学期来最热闹的日子。毕竟孩子是在魔法学校学习，家长们的好奇更胜于不放心。特别是新生们的家长会，双亲同来参加的例子并不罕见。陶简凝的父母就都来了。

齐另捧着相机，坐在教室后门边的椅子上，看着站在前门口指引家长的陶简凝。突然，陶简凝一脸惊喜地迎出门外，把一对中年男女从门口带了进来。大叔年近五十仍英俊

潇洒，阿姨年逾四十还优雅端庄。两人关切地询问着陶简凝近来的情况，看到女儿清澈的笑脸一如既往，才安心地从教室后方、齐另的左侧搬来两把椅子，挤到陶简凝的书桌后面。

显然，陶简凝继承了父母清秀的相貌和恰到好处的待人接物的礼仪。

齐另没兴趣深想这个问题。事实上，他本来也不想捧着雷老师的相机傻坐在这儿。只是高一（2）班的十二个同学，不是作为某门学科的优秀学生要准备在班里发言，就是被学生会调去准备家长会的各项事宜。总之轮来轮去，只剩下齐另这个各科成绩都位居第二的、没有社交活动的闲人了。雷老师就安排他拿着相机在教室里拍照。

然后，他看见了一个熟悉的人在门口徘徊，正是他那大腹便便的舅舅。齐另的舅舅在魔法镇上开了一家名叫"酒巷深"的酒店。酒店的顶楼有一间特殊的包厢，由玻璃围成，是赏景的绝佳去处。这个特殊的场所让酒巷深成为了这一带的标志性建筑，酒巷深的生意也越来越好。随着生意逐渐兴隆，齐另的舅舅也愈发明显地发福了。他在门外短暂徘徊几步之后，小心地询问门口的陶简凝，齐另是否在这个班。得到肯定的回答后，他走进了教室，一眼就看到了坐在后面的齐另。

"怎么样，学校生活开心吗？"他毛孔粗大的脸上堆满了皱纹，笑容在他挨挨挤挤的皱纹中间绽了开来。齐另不禁想到一个词——丑态。

　　齐另很敷衍地回答了这个问题，舅舅又抛出了一大堆在齐另看来愚蠢至极的问题。譬如为什么每个班只有十二个人，为什么魔法学校不给学生发魔法棒，为什么学校里没有游泳池，等等。

　　"没有游泳池，自然是因为学校没修。"齐另回答。

　　"这不是魔法学校吗？可以用魔法棒变出来啊！"舅舅讲得理所当然。

　　他该怎样跟这个只有初中文凭的舅舅解释魔法界的理论体系呢？齐另不知道，于是他便不做解释，提醒道："你应该坐到我的座位上去。"

　　齐另看着舅舅坐到了他的座位上，憨笑着给前排陶简凝的父亲递上一支烟。对方客套地笑着摆手表示不要，于是他便自己点上了烟。还没等齐另上前阻止，陶简凝就已经走来制止了。齐另看着舅舅讪笑着把烟掐掉。

　　陶简凝朝齐另走来，坐在齐另左边，拧开一瓶矿泉水，喝了一口。她拿出口袋里折好的打印纸，展开，那是陶简凝在今天家长会上的发言稿。陶简凝反复看着，像是在努力记住这些内容。

　　突然，她开口道："要多拍一些照片。"

　　这话相当突兀，齐另有些不解地看着陶简凝。

　　陶简凝似乎有些尴尬，小声地接了一句："雷老师要我告诉你的。"

　　这时雷老师进了教室，家长会开始了，陶简凝连忙跑到前门外的走廊上准备接下来的发言，稿纸留在了那张椅子

上。展开的 A4 纸沿着陶简凝折叠的痕迹凹凸成一块"盆地"，齐另注意到陶简凝并不是以对折的方式折叠这张纸的。他沿着折痕往里一聚，折成了一只白兔。他拿起相机给台上的雷老师和附近的家长们拍了几张照，然后再次把白兔展开，阅读发言稿的内容。

过了不久，轮到陶简凝发言了。她如往常一样带着绚丽而不刺眼的微笑，流利地叙述着发言稿上的内容。齐另拿着发言稿对了对，所讲之处都一字不差。当他的视线扫向下一段时，却惊异地注意到陶简凝的声音突然停止了。他抬头看向讲台上万分窘迫的陶简凝。她不知所措地站在原地，眼神是齐另从未见过的慌乱。家长们发出了善意的笑声，继而有人以掌声鼓励她继续，但她就像是突然被抽空了头脑，呆呆地站在原地。突如其来地，陶简凝忘词了。在此之前，陶简凝从没想过自己可能会忘词。但是今天，因为某种不知名的紧张和杂念，这件她想都没想过的事真实地发生了。

此刻，陶简凝只身立于记忆的汪洋大海，而齐另手中的不再是稿纸，而是一根浮木。大海与浮木，这是齐另无比熟悉的东西。毕竟，他曾被多次抛入海中，多次在海中艰难地沉浮。他窒息，他绝望，而浮木却迟迟不来。大多数时候，把他拯救的都只是因机缘巧合散落在旁的小小的树枝，他也只能尽可能地利用这有限的浮力，想办法憋着最后一口没有海盐的纯净空气把自己死拽到泥滩上。整个世界都是他的海，而抛他入海的人通常是他的父亲和他未曾谋面的母亲。

降生在高山之巅、并从未跌落的陶简凝，竟也意外地摔

在水中了啊！而齐另的手中持有一块完整的浮木，他要不要抛出去呢？

他抛出去了。他朝陶简凝做了几个口型。

陶简凝的眼睛倏忽一亮，齐另只丢出了一根很小的浮木，她立刻就抓住了。她重新开始发言，直到结尾。除了中间那短暂的停顿，其他一字不差。

星菀轩朝星菀婷深深地看了一眼，其实她本来想和对方来个长长的对视。可惜，星菀婷像往常很多次一样毁了星菀轩的气氛。她一眼都没有看星菀轩，托着腮，看着天，不知道在想什么。星菀轩用胳膊肘碰她，星菀婷回头，与星菀轩同时开口说话。

星菀轩说："所以陶简凝才会写'朝着星光，被你拯救'这样的诗句吧！"

星菀婷说："没想到齐另这人还有点良心啊！"

两人一起笑了起来。

这时，教室的门突然打开了，脸上还带着泪痕的洛乘风挟着"我自横刀向天笑，去留肝胆两昆仑"的悲壮情绪踏出了教室，两只脚把地板踩得咚咚响。星菀婷捡到字条后就一直蹲在门边，洛乘风开门的时候，她的额头上挨了不轻的一记，"哎哟"一声就坐到了地板上。然后，基本恢复往日神情的何老师双手插在口袋里走出了教室。洛花重跟在何老师的后面走了出来，一出教室就快步追赶洛乘风去了。而星忆

风一脸谦恭地走出来，还很体贴地把门给关上了。她偷偷地对星菀轩做了个鬼脸（星菀婷还坐在地上，星忆风没看见她），要她努力做值日，然后也走了。

当天的晚自习，这张新发现的字条快速而安静地在值班老师的眼皮底下传遍了全班。当字条转了一圈后重新回到星菀轩手里时，字条上又贴了一张便利贴，上面写满了同学们言辞热情的观后感。大家一共提出了以下几种观点：

其一，没想到齐另这人还有点良心。——这是以星菀婷为代表的一种最浅层次的认识，若是放在语文的阅读理解题里，一分都别想拿到。

其二，齐另的态度与之前记忆中的有所不同。——这种认知更有价值，是大多数人的观点。

其三，齐另对他的舅舅很冷漠，由此可见，他对陶简凝的冷漠只是他待人接物的一贯方式。只是她这么好的人居然喜欢齐另这种情商低下的家伙真是令人愤慨！——能结合上下文深入探讨并通过文意推断出新的结论，结尾还发表了自己的感慨。星菀轩觉得，她可以给星雪落打满分。

星菀轩刚把这张自己发出的字条回收，就又收到了另一张字条。字条是星忆风写的，简明扼要地说明了本周六传奇魔法高校学生会主席卓少兼和月出会老大温湛心将来访星子魔法高校的事情。而星忆风，自然是要负责接见的。事关两校的局势，同学们都很重视这件事。字条背面已经写了好几条乱七八糟的建议。星菀轩也很兴奋地加上了几句豪言壮语。

最近一阵子，看来是不会清闲了！星菀轩满怀期待地想。

第八章
迷 惑

这就是上次那个老人的孙女吧？星菀轩想。女子周身散发出一种柔和的感伤，在钟表的嘀嗒声中，这女子、这书、这淡淡的忧郁显得无比和谐。星菀轩觉得整个人都沉在了时间之海中，只剩下永恒。

温湛心先卓少兼三步走进了星子魔法高校的大门。她掏出口袋里那张写满字的纸条，皱皱眉，把字条塞给了后面那个，说："你走前面，我跟着。"

对方没有异议，以评述的口吻说了一句："这地图，真够乱的。"

"这不能叫地图吧，上面连图都没有。"

"随你的便。"

于是，卓少兼就拿着地图向前走去，一边走，一边读："走大厅左侧的楼梯上三楼，右拐直走顺长廊走到底，沿南面楼梯走到二楼，从二楼平台往下跳，跳到种有桃树的绿化

带，穿过绿化带……星高的地形似乎过于复杂了吧？"

他们根据字条的内容，上三楼后又在另一个楼梯下到二楼，然后从二楼平台上降落到了地面。降落方式和往常一样，把大部分的重力势能转换成内能。着陆后，他们穿过了绿化带……在星高绕了一大圈之后，他们发现自己又回到了刚进来时的那个大厅，而会面地点就在大厅右侧的一个房间里。

两人对视一眼，竟没有谁流露出任何情绪。温湛心深吸一口气："对方是高三的学生，比我们高了一级。气场很重要。"

"我知道。"

"你推门，我跟着。"

"好。"

卓少兼推开了门，门正对着房间里的窗，明亮的光线直刺卓少兼的双眼。他的瞳孔缩了缩，他看见一个逆光而坐的人。随着眼睛慢慢适应，那剪影渐渐有了颜色，有了光与影的交织，从平面变成立体。那人的形象慢慢清晰。

星子魔法高校学生会主席高三星班的星忆风从沉默中抬头，带起空气中一片纷乱的波动，她的眼神穿过额前几缕发丝中的缝隙锐利地扫过来。

温湛心不由得心中一震，平和的神色泛起了一丝凝重。卓少兼则流露出一丝笑意来："星忆风同学，不请我们坐吗？"

星忆风上上下下地打量了这两人许久，她闭上了眼：

"请便。"

温湛心和卓少兼就拉开最近的椅子坐下，卓少兼再次开口："星忆风同学，我希望我们这次前来贵校，能为两校学生在公共场合打架斗殴一事找到解决方案，而不是以无意义的争吵告终。请不要认为我们在怀疑你们的素质，只是贵校学生在论坛上发表的那些'高见'，让我们不由得发出此番感慨。"

"传高的人同样也是伶牙俐齿呢！"星忆风回击道，"既然你们希望为此事画上一个圆满的句号，那么好吧，言归正传，我们这就谈谈戚与云与洛乘风的事情。事情是很明确的，打架事件，双方各有其咎，我代表我校洛乘风同学向你们道歉。"她站起来浅浅鞠躬。随后卓少兼也站起来重复了类似的话，同样鞠了一躬。

一直没发表过言论的温湛心坐在自己的座位上，看着两人在礼节上互表友好。"既然过错的事已经解决，那就来说说赔偿的问题。"她的话让刚坐下的星忆风略怔了怔，但星忆风很快又恢复了常态。温湛心不再说话，卓少兼也保持沉默，气氛瞬间冷却了。星忆风深吸一口气，刚想开口，这口到了嘴边的气就被温湛心的话逼得生生吞进了肚子。

"快餐店损失大小餐具九样三十五元，损坏桌椅三处三十元，浪费食物六项五十一元，影响客源收入经协调定为五百元，共计——"温湛心顿了顿，"六百一十六元。"

"依我之见，"卓少兼紧接着说，"双方都有过错，本应五五分赔偿，可既然是洛乘风同学首先动手，那就以六四

分。"他用很客气的语气补充道:"你六,我四。"

"可此次事件的挑起者是戚与云同学吧。"星忆风接话,"毕竟,是她侮辱了洛乘风同学的父母。"

"若不是洛乘风同学先辱骂传高师生,想必戚与云同学也不会说出如此过激的言论。"

"那可未必。"

两人以绝妙的语言艺术相嘲相讥,势同水火互不相让。对经济来源依赖父母的学生来说,钱的问题——只要上升到三位数——便是大事,便是敏感的话题。于是两人就此话题笑里藏刀地争论了好一阵子,但两人势均力敌,争不出个结果。卓少兼频频朝温湛心使眼色,希望她可以助阵。可温湛心好似看不懂卓少兼的暗示,微笑着品味两人的交锋。正当两人争论得都快挂不住脸上虚伪的笑容之时,温湛心才冷幽幽地开了口。

"六四分。"她说,"我六,你四。"

然后,她头也不回地走了,卓少兼像是突然明白了什么,对星忆风笑了笑,这笑容在星忆风看来有些诡谲。

"六四分……"星菀轩盯着手机喃喃道。

"星忆风说了什么?"星菀婷赶紧凑过来。星忆风答应一商谈出结果就马上告诉大家,以满足群众无底洞般的好奇心。

此刻这两人正走在前往剪月钟表店的路上,目的当然是换钟。星菀婷的吼叫引来了周围路人的目光,但是她并没有在意，她一心一意地想着两校局势的最新进展。可是星忆风发来的信息实在有限，星菀婷看不出特别有意思的东西——她本来期盼着星忆风能让传高的人落荒而逃。星菀轩对商谈结果也没有什么看法，耸耸肩就把手机放回了口袋。

她们已经能看到剪月钟表店的招牌了，一把黑铁制的大剪刀将圆月剪出一条细缝。

星菀轩和星菀婷先后走进店内，柜台后的不再是上次的老人，而是一个二十岁左右的女子。她正用心翻看膝上摊着的一本书，乌黑的长发从侧面直垂下来。这就是上次那个老人的孙女吧？星菀轩想。女子周身散发出一种柔和的感伤，在钟表的嘀嗒声中，这女子、这书、这淡淡的忧郁显得无比和谐。星菀轩觉得整个人都沉在了时间之海中，只剩下永恒。

但是她不得不去破坏这和谐的一幕，她用手指轻轻叩了叩桌子，把坏掉的钟放到桌子上。那人倏地抬起头来，问道："有什么可以帮忙的吗？"星菀轩立刻说明了来意。那人从仓库里又取出一个新的钟递给星菀轩，然后漫不经心地问："你们是星子魔法高校的学生？"

最近，星菀婷对于"星高""传高"之类的关键词特别敏感，她迅速抬起头："是啊！可你是怎么知道的？"

"我们别着校徽呢！"星菀轩提醒。

那人点点头表示确实如此。正当星菀轩提着钟打算离开时，她又迟疑着开口叫住了她们："请问，你们能帮我一个忙吗？"

　　"什么忙?"星菀轩和星菀婷异口同声地问。星菀婷伸出去推门的手又飞快地缩了回来,她对这个"忙"充满了好奇。

　　她显得有些尴尬:"你们可以帮我在你们学校的图书馆里借一本书吗?我对魔法特别感兴趣,可惜无缘学习,就想找本书看看。但是这方面的书外面是买不到的……"

　　星菀婷看了看她黑色的长发和眼眸,丝毫没有怀疑对方的话。"可是学校里的书带出去真的没关系吗?"她疑惑地问星菀轩。

　　"学校对此似乎并无明文规定。"星菀轩耸耸肩回答道。

　　"我想下个星期天来拿书,再下个星期天就会按时归还的。"她说,"我会等在你们学校门口,到时候你们只要出校门一两步就可以了,不会很麻烦的。"

　　对于热爱读书的人,星菀轩一向很友好,她思考了一下,这确实没有什么麻烦的,于是便答应了下来。对方显得很高兴,把书名写在了便条纸上让她们带回去,然后以一种感激的眼神目送她们出去了。

　　"这个人是有多无聊啊?"星菀婷很同情地说。

　　"如果你觉得爱看书的人都很无聊的话……"星菀轩很了解星菀婷的心思,"你自己也不是很喜欢看书吗?虽然都是言情小说。"

　　星菀婷点点头表示非常赞同星菀轩对她的评价。"我看的都是非常有趣的,但是这个姐姐就不同了。"她又摆出一副满是同情的样子,"她不好意思地找我们借书,居然只是为了借一本《自然系魔法概论》！啧啧啧！"她戳着那张写了书名的便条纸，简直像是看到了一个从三好学生渐渐堕落为社会公害的街头失足少女。

星菀轩对此不置可否："反正又不是给你看！"

图书馆就在学校大门的附近，两人返校后便顺便去了图书馆借书。星菀轩对图书馆还是挺熟悉的，没多久就找到了相应的书架。两人仔细检索一番，终于在书架的最底层找到了这本灰扑扑、皱巴巴的书。看着这本在夹缝中艰难生存的书，星菀轩突然有了一种熟悉的感觉。

"这本书怎么给我一种'陶简凝的记忆'的感觉？"星菀婷心直口快地说。

没错，星菀轩也是这种感觉。陶简凝的记忆每次都是被特意藏在某些奇奇怪怪的地方，好比这本以强硬手段被塞进书架下面的破书。星菀轩尽量小心地把这本破书抽出来，书页间立刻掉出了一张书签。

一种直觉告诉星菀轩这正是陶简凝的记忆。她捡起书签，书签上印着读书节的标语和某出版社的广告，背面空白的地方则是陶简凝写下的字。因为书签的材质较为光滑，字迹有些被擦糊了，但这并不影响阅读。

在这潮湿的冬的晚间，琴失去了弦。夜色离开我的身边，一切都很遥远。

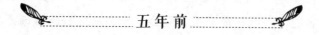

五年前

冬天。

体育馆里装满了水汽和永无止境的嘈杂——尖厉的笑声、拍手声、震耳欲聋的音乐——以及颜色被不停切换的灯光。整个场馆是一个辐射着快乐和节奏的生命体，在这庞然大物的胃部，星子魔法高校为数不多的学生抓紧这为数不多的放松时光，将之前歉收的、以后还将歉收的血液里的狂乱一股脑儿倾泻融合在这片汪洋大海之中。元旦表演的日子，不过就是台上的群魔乱舞和台下披头散发的狂乱共同排演的一出年度大戏。

齐另坐在一个不显眼的位置，周围都是癫狂大笑与高谈阔论。但齐另只觉得累，这种奖赏般的狂欢日于他是一种负担。他沉默太久了，他的沉默已渐渐成为了他的习惯，改变了他的天性。最终，他忍不住了，他站起身来，他跨过许许多多条横亘在本就不宽的走道上的腿，往外走去。

越靠近门口，地面就越潮湿，还有越来越多的带着泥水的纷乱的脚印。大门边摆着一个一人高的音箱，无数癫狂的节奏从这里扩散开去。齐另加快了脚步，他终于走出了灯光，走入了无尽的黑夜。

雨丝纤细缥缈得恍若雾气，齐另沿着长长的走廊走着。整个校园都是暗的，全部的灯光都集中在了身后那头巨兽的胃中。走廊上的灯如垂暮般昏暗，温顺得像记忆中的一件旧物。齐另沿着发黄的灯光，向远处走去。

盛宴之声被越来越多的雨滴打碎了，在雨滴坠落的轻微叹息中有另一种声音穿透雨幕而来，微弱得可怜。齐另停下脚步，他和那乐声一同站在风雨飘摇中。

那孤独的声音缥缈得像风一样，齐另却还是清楚地听出了旋律，那是一种令人感动的调子，如赤子之心般纯粹。站立了一会儿后，齐另循声走去。在他遇到的第一个楼梯处，他上了楼。那个声音离他越来越近，也越来越清晰，齐另听出那是吉他的弦声。他在五楼拐出了楼梯，终于在廊下找到了那个声源。

一个人独倚窗台。

陶简凝似乎在她的节目刚一结束时就披上外套来了这里，手中捧着她的吉他，用心弹着。她望向远方那层层叠叠、无穷无尽的暗夜，暗夜里没有星光，暗夜里只有雨水。她翡翠绿色的裙摆下端被水浸湿，染上了一大块深色的水渍，晕成一片青色的山脉。

"停下。"她说，"听我唱歌。"

齐另知道她在对他说话，在此时此地，他似是没有理由拒绝她的。于是他停下了，听她唱歌。

陶简凝重新起了一个调子，较之刚才的旋律，这个声音更加幽远，像潮汐。

你又回来了

下一站要去哪儿呢

情愿迷失在清晨

也不愿朝着黄昏

如果谁能

追随光的旅程

并希冀一个永恒

最好

不要停顿

世界在旋转

身后仅剩尘埃

河流没有彼岸

只能徘徊

没能勾勒每一个未来

却见到心潮澎湃

明天

就算依然时续时断

　　曲毕。本以为这是一首缓慢悠长的歌曲，没想到却以充满能量的后半段终结了。不知为何，有种戛然而止的断章的感觉。

　　齐另说："我猜这是你自己写的歌。"

　　陶简凝报以微笑："我父亲很喜欢音乐，这些都是他教给我的。"

　　"我的父亲一辈子都不会去接触这种事。"

　　陶简凝说她难以想象这世上居然还有人从来没有干过一件与音乐有关的事情。齐另很肯定地告诉她，她的想象是严重不符实际的。

　　世界上还有很多颓丧的人，比如齐另的父亲。他总是瘫倒在那张暗红色破沙发上唯一一块没有破洞的地方，或是用黯然无神的眼睛盯着面前的电视屏幕，或是歪着头昏昏沉沉地睡觉。齐另的父亲换过许多工作，每次换新工作时，他就会神经质地大哭，他哭着祈求齐另原谅自己这个不称职的父亲，然后把堆满杂物的茶几整理得干净整洁，关掉长期开着的电视，把自己收拾成一个看上去体面又稳重的人。但是不出两天，他必定又会回归那种颓废的生活，为下一次神经质的大哭积蓄理由。

　　齐另听舅舅说，父亲在母亲出走前还是一个很上进的年轻人。但是他很难想象出父亲上进的样子。在他的记忆里，父亲一直是那样颓丧。

　　齐另收到星子魔法高校录取通知书的那一天，得知政府会全额承担经济困难家庭魔法人才的教育费用时，齐另的父亲像是突然活了过来，爆发出一阵神经质的大笑，抓起手机就给齐另的舅舅打电话，希望将齐另去魔法镇上学的事托付给他。齐另的舅舅因为妹妹的过错一直对齐另和他的父亲怀有愧疚，于是很爽快地答应了。

　　就这样，齐另来到了魔法镇上学。

　　在故乡的小镇，齐另因他那个落魄的父亲和他那出走的母亲而总是受到同龄人的排挤和针对，换个新环境是他期盼

已久的。可是当齐另从十几年的黑暗中爬回地面时，他发现阳光其实也很灼人，而他的眼睛在很长一段时间内也还是只能看到黑暗。

齐另思绪千回百转，他对陶简凝说："其实世界上还有很多颓丧的人，有很多很多不公平的事，事情的背后则是更多龌龊的勾当。只是有的人终其一生都没有遇到罢了。"

第九章
星忆风的决定

正如五年前高三（2）班的四个女生兴致勃勃地探索"少年齐另的烦恼"一样，五年后的现在，高三星班的十二个女生带着有增无减的热情研究着这段信息量极大的录音。齐另离奇的身世让她们身体中潜伏着的每一个好奇因子再度活跃起来。

星忆风是气冲冲地回来的。一进教室门，她就开始语无伦次地漫骂。大抵就是用不同的语序和修辞变着花样反复说这几句话：

"传高侮辱我们学校的经济水平！"

"传高以行为责怪我抠门！"

"传高看不起我！"

星雪落猜到星忆风和她制定的"神秘地图一揽子计划"一定是失败了，或者是没有达到星忆风设想的效果。故意把地图写得乱七八糟让对方绕远路在星雪落看来有点像是小学

生的报复行为，但无奈星忆风十分看重这个计划，于是只好实施了。在星忆风的想象中，当卓少兼、温湛心两人历经九九八十一难终于来到了会议室，却痛苦地发现自己被忽悠着绕了一大圈时，他们应该是狼狈的、恼怒的。温湛心看起来很温柔，她说不定会哭的。卓少兼一看就是那种死板的学霸，他会以报告星高校长来威胁星忆风。但优雅淡定的星忆风会从容地对威胁置之不理，因为星忆风的字条是用特殊墨水写的，遇到她本人的魔法磁场就会褪色。星忆风只要靠近，墨水就褪去了，没有证据，随便对方怎么扯吧。

可是，温湛心并没有哭，卓少兼也没有以报告校长来威胁她。

星忆风对此非常不快，尤其是后来会议结束，她一拍脑门突然明白了对方的弦外之音时，她的不快就上升为了气愤。她就知道传高怎么会愿意让星高承担少部分的赔偿，这个温湛心怎么可能真有看上去那么温柔，这个卓少兼怎么可能死板……狡诈！最后她得出结论，对方实在是太虚伪了！可恶的温湛心，居然想要以这种方式讽刺星高没钱又爱计较！一想到那两人高高在上的施舍的表情，星忆风就怒火中烧。

于是星雪落就劝慰她，绝大部分人都是看不出这种深层意思的，绝大部分人都会觉得传高是因为理亏才多承担赔偿的。星忆风总算好受了一点，但不快还是郁结于心，有些闷闷不乐。

温湛心的真实用意和星忆风猜测的差不多。从表面上看，这起事件以传高的退让作结，实际上作为月出会老大的温湛心自有她的如意算盘。

虽然这些年学校看似将大部分事务都交予学生会和月出会一起处理，但温湛心很清楚，学校更倚重学生会，更何况这一届的学生会主席卓少兼能力出众，如果月出会再无所作为，恐怕就没有存在的必要了。虽然温湛心的退让使得传高在金钱方面略有损失，但是就学校层面上看，这百来块的金钱是小事，温湛心干脆利落地解决了这起事件才是主要的，恰当的退让也更体现了传高的大度。此次事件自然当归功于月出会。当然，还有一个小小的原因是，温湛心发现，如果不马上赶回学校的话，下午第一节课就上不成了，她可不想无端地给班主任留下不好的印象。不过她要是知道自己的行为给星忆风造成了如此大的情绪波动，她一定会很得意的。

没过多久，星菀轩和星菀婷也抱着一只完好的钟回来了。都说失去了才懂得珍惜，星班同学们在没有挂钟的日子里都遭遇了种种不便，于是都热烈地欢迎钟的到来。

很快，一个月过去了，除了听说因为温湛心雷厉风行解决此事，很好地修复了两校关系，月出会得到了校方的认可、一时风头无两之外，什么都没有发生。星高和传高的仇恨告一段落。

剪月姑娘（剪月钟表店里的那个女子，星菀轩和星菀婷不知道她的名字，于是只好这么称呼她）每个星期都来借书。每次她还掉看完的书之后都会前后翻一翻新借到的书，

然后沉思片刻，请星菀轩她们下星期再去借另一本书。

这个学期因为被卷入了"陶简凝的记忆"事件，星菀轩变得格外敏感。她告诉星菀婷，这个剪月姑娘不对劲。她每次刚接到书时都显得饶有兴趣，甚至称得上是激动。但是当她翻过一遍之后，就变得失望了。这种情绪的变化是相当可疑的，星菀轩认为其中大有文章。

星菀婷也觉得这个剪月姑娘不对劲。因为她每次来借的都是与自然系魔法相关的理论书，先是《自然系魔法概论》，再是《自然系魔法的历史》《月系魔法持有者的两条命》《这些人的星座系魔法一鸣惊人》。一个人怎么每个星期都能看完这么一本折腾人的理论书并且直到现在还没有任何发病的迹象呢？就算是星菀轩也没有一星期看一本理论书的兴趣。

两人殊途同归，虽然理由不同，但是她们都觉得剪月姑娘不对劲。

"她的情绪太可疑了！"

"她的爱好太异常了！"

"她的行为太诡异了！"

"她的头发太长了！"

星菀轩和星菀婷在某天吃午饭的时候总结了诸如此类的奇怪之处。星菀婷又有了一探究竟的欲望，但是她不知道该从哪里研究起来。星菀轩则认为，如果她们注定要搅入这个"剪月姑娘借书"事件的话，机缘自然会来，就像陶简凝的记忆总是莫名其妙地在两人身边出现一样。但是话说回来，陶简凝的记忆也很久没有出现了。

很多事情都乱了。

终于有一天，伟大的冒险者星菀婷做出了一个前所未有的决定——去剪月钟表店一探究竟！她认为，既然剪月钟表店是剪月姑娘的"巢穴"，那么里面一定会有一些剪月姑娘来不及隐藏的蛛丝马迹。顺着这些蛛丝马迹，她们一定能找出真相！

于是在一个星期天，两人比和剪月姑娘约定的时间早了一个小时出发。

这条繁华的商业街上处处都是夸张的颜色、大声播放的流行音乐和白天也依然在闪烁的霓虹灯。剪月钟表店寂静的氛围、简洁的店面设计就显得格外独特却与世无争。

还是嘀嗒声，心跳般的嘀嗒声。

店内基本没什么变化，时间忠实地盘踞于此。那个剪月姑娘垂着长发，在柜台后专注地看书，浅浅的忧伤在她周身萦绕不散。星菀轩想去把她唤回现实世界，再把新借的书交给她，但是星菀婷轻声示意她不要这么做。星菀婷打算在这里寻找些许可疑的痕迹。她四处查看着，这家店看上去非常正常，墙面上挂满了钟，也就是柜台和后面的储物间有点可疑。星菀婷不敢去查看那个储物间，因为想进入储物间就务必从剪月姑娘眼前经过，这样就算剪月姑娘看书再怎么专注也会注意到星菀婷的举动，那就打草惊蛇了。

于是星菀婷着重查看着柜台。柜台上只有台灯、计算机和一叠高高的书，柜台附近也没有什么杂物。星菀婷抓抓脑

袋，以比考试时检查试卷更加严谨的态度观察着这些看似正常但可能暗藏玄机的物品。终于，她在书堆中的一本书里发现了一枚露出一角的小小的书签。

星菀婷心中警铃大作，她小心地用右手拇指和食指的指腹捏住这个小小的纸角往外抽。慢慢地，这东西终于被她给抽了出来！

星菀婷一看这东西就觉得不对劲，这绝对是陶简凝的记忆啊！此处不便查看，她把书签塞进口袋，然后严肃的表情立刻变得活泼，亲热地叫了一声："大姐姐！"

这原本是星菀婷为了掩饰自己刚才不正常的举动，但她这么一喊，无论是剪月姑娘还是星菀轩，都给吓了一跳，并觉得一阵肉麻。好在剪月姑娘似乎并没有对此起什么疑心，她只是惊讶她们为什么这么早就来店里找她。

星菀婷被问得愣住了，她还真没想过给这次搜查行动找什么理由。好在星菀轩早已准备好了措辞："我们和同学约好出来玩，就顺便先把书送过来了。"

就像前几次那样，剪月姑娘满怀希望地翻了翻书，然后神情就再度冷漠下来，把之前借的书递还给星菀轩。

"这些理论书真有那么好看吗？"星菀婷纯属好奇地问道，她真的很难想象一个人是要有多么顽强的毅力才能在有生之年读完一本这样无趣的书，"你不会觉得无聊吗？"

"确实不太有趣，但是，书里的知识是我需要的。"剪月姑娘回答，"沉下心来慢慢读，也不算很难熬。"

"听见了吗？你这人就是缺少耐心。"星菀轩有感而

发，对星菀婷说。

星菀婷很刻意地反驳了几句，目的还是想让自己显得正常一些。因为急着查看陶简凝的记忆，所以她也就急匆匆地结束了这段谈话，一心想着回去打开"尘封的记忆"。

可是正如当初剪月姑娘叫住她们请她们帮忙借书一样，当星菀婷正欲推门出去之时，两人又被剪月姑娘给叫住了。

"请稍等一下！"剪月姑娘说，"十分感谢你们这段日子里帮我借书，我想送你们一份薄礼略表心意。"

听见有礼物，星菀婷就不走了。她满怀期待地看着剪月姑娘在储物间里翻东西的身影，以为她至少要送她们一个精致的钟。没想到她翻了半天，竟然只翻出了一个灰扑扑的瓶子，里面装着绿莹莹的液体。

莫非这是失传已久的某种毒药？星菀婷想。剪月姑娘果然不对劲，现在看来，她分明就是魔女的后裔，不然怎么会拿出看上去这么古老、这么神奇的魔药呢？

"这是什么东西？"星菀轩问。

星菀轩居然还没有看出来吗？星菀婷不屑地撇撇嘴。这种诡异的液体，除了是老巫婆的邪恶药水还能是什么呢？

"没什么特别的，这只是一瓶放了好多年的植物生长剂罢了。"剪月姑娘用餐巾纸擦去瓶子上的灰尘，解释道，"这个牌子的生长剂效果非常好，只不过前几年已经停产了。你们知道，有时候一些便宜的老东西反倒具有更好的效果。"

星菀轩点头表示赞同，星菀婷得知这只是一瓶平淡无奇

的植物生长剂之后就对此失去了兴趣，重新把注意力放到了口袋里揣着的那枚书签上。刚一出门，她就请菀轩带着她瞬移回去。星菀轩外出的时候并不常用瞬移的能力，因为她总是觉得应该好好体验一下出行的过程，不然就会少掉很多趣味。不过既然星菀婷这么说了，她也不再拒绝，立刻赶回了星子魔法高校。

和之前的记忆一样，书签上画着一个可以把手指摁上去的圆形，不过令星菀婷大失所望的是，上面并没有写什么诗句。

"可能她写不出来了。"星菀婷说。

星菀轩反驳："可能只是因为这件事情无法用语言来形容。就像世界上的很多事情一样，说不清楚。"

记忆被开启后，星菀婷又发现了一件令她大失所望的事——这次的回忆只有声音。

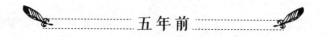

五年前

陶简凝：各位来自未来的朋友大家好，我是陶简凝。此刻我们星子魔法高校高三（2）班的同学们正在讨论一件事情。很不好意思，最近没有休息好，为了下午的魔法课能拥有充沛的精力，此刻我只能省着点用魔法……所以……没有影像，抱歉。

陶清幽：开个影像嘛！这么庄严的场合，不记录很可

惜啊！

陶简凝：下午上的是实践课，魔力透支要挨骂的，不敢。好了，我们这次商谈的主题是——论齐另昨天公开课中途离开是去干什么了。请乔韵月同学带我们回顾一下主要情节。

乔韵月：昨天上午在雷老师的公开课上，突然有一个老师走进教室，跟雷老师耳语几句之后把齐另叫了出去。

乔珮：这很蹊跷啊！是什么重大的事件让一名高三学生弃学业而不顾呢？这个少年的身上究竟发生了怎样令人心酸的故事？让我们一起探寻隐藏在背后的真相！敬请收听今天的《特别报道之少年齐另的烦恼》！

陶简凝：各位亲爱的听众朋友们，本次事件的蹊跷之处，还在于当天的报纸上刊登了一则新闻。请乔韵月同学朗读这则新闻。

乔韵月：标题——某市男子跳楼自杀，遗嘱称为情所困。今日凌晨某时，某小区保安于某处发现一具中年男子尸体……该自杀男子齐某所留遗书称：他的妻子某某于十七年前出走……昨日，妻子某某突然归来，称自己要夺回孩子并对齐某的贫穷生活大加嘲讽……该自杀男子说自己太懦弱了，无力抚养孩子……能做的只有让自己离开这个世界……齐某的儿子正在外地上学……据悉，齐某家族中有精神病史……

陶清幽：为什么这么短啊？文章不是很长的吗？

乔韵月：读的时候删减了，你知道，媒体净讲空话。

乔珮：齐某，齐某啊！还有个在外地上学的儿子！大家都知道来参加家长会的是齐另的舅舅！我觉得我们有充足的理由怀疑自杀的这个齐某是齐另他爹！况且有时候齐另确实像个神经病似的，坐在后面一声不吭，怪吓人的。

陶简凝：今天齐另刚回来，回来的时候胳膊上戴着一小片黑纱。

乔韵月：他要是听到我们在议论会不会生气啊？

陶简凝：他不是在办公室补考昨天的小测验吗？（声音忽然变轻）等等，他来了⋯⋯

（沉默）

乔珮：终于走了，真吓人。

乔韵月：确实戴着黑纱呢。

陶简凝：他脸色好阴沉，不会在门口都偷听到了吧？

陶清幽：齐另一直都是这个表情啊！

正如五年前高三（2）班的四个女生兴致勃勃地探索"少年齐另的烦恼"一样，五年后的现在，高三星班的十二个女生带着有增无减的热情研究着这段信息量极大的录音。齐另离奇的身世让她们身体中潜伏着的每一个好奇因子再度活跃起来。不过这种不可抑制的天性通常被伪装成对当事人的同情或是对事件的严肃思考。

可惜，在这个星高和传高之间关系再度紧张的时期，她们思考八卦的时间被大大压缩了。

　　星高对于上次事件的处理并没有什么意见，所以大家自然而然地认为事情应该差不多了结了。但传高可不是这样想的。正如星雪落所说，大多数人从这个赔偿分配方案中都只看出了"传高吃亏"的意思，可能也只有星忆风会将此理解成某种侮辱吧。

　　所以，两校的论坛被传高的人给攻占了。他们不是骂星高不勇担过失，就是骂卓少兼和温湛心跟星高勾结，达成了这么一个不公的协议。星高学子的一腔热血也被激发了，开始了无休止的反击。这次的论坛大战直到卓少兼在传高声明这个协议的目的是发扬传高严于律己、宽以待人的伟大精神之后才消停。

　　消停后没多久，论坛上又爆出了一条新闻：戚与云再度挑战洛欣岚！

　　挑战项目：马拉松。

　　星高和传高的孽缘就是在之前的那次高中生长跑比赛中由戚与云和洛欣岚结下的。直到现在，戚与云还觉得洛欣岚比她快了九秒之多是不可置信的。最近两校的争斗再起，戚与云心中的耻辱感也复活了，发誓要打败洛欣岚。只不过这次，她要拉长赛程，她觉得自己擅长长跑，洛欣岚却未必。这个挑战她已经酝酿很久了，正好下个星期魔法镇要举行马拉松比赛，她便借机发出了挑战。

　　而洛欣岚也在洛班同学的指导下以自信满满的姿态接受了挑战。

　　马拉松比赛的时间是星期六下午，这个时间星高的学生们是不被允许外出的，但由于洛欣岚有重要赛事参加，她还是被放行了，还有几个学生作为洛欣岚的啦啦队也被获准离校，而星忆风作为星高的学生代表被迫加入了该啦啦队。比赛事关学校荣誉，还是要有人来镇一镇场子。毕竟温湛心和卓少兼可是很强大的对手。

　　洛欣岚给自己的啦啦队起了个名字，叫作"星高战队"，成员包括洛班班长洛玉诀、洛班危险值排行第一位的洛盈光、为向更多人借钱而加入的洛奇迹、一言不合就动粗的副班长洛子秧和不得不加入的老主席星忆风。传奇魔法高校自然也有"传高战队"，但是人比星高多得多——因为传高每星期的离校时间是星期六一整天。不过星忆风告诉星高战队，传高的那些乌合之众是不足为惧的，只需要关注学生会主席卓少兼和月出会会长温湛心就够了。

　　赛事如期而至，星高战队和洛欣岚一行六人怀着勇气与希望来到了比赛现场。星高战队的五人将在中途各个休息点上等候洛欣岚，随时准备递上水和毛巾并为她加油鼓劲。每当洛欣岚经过一个站点后，她们就骑自行车到达下一个站点准备迎接洛欣岚的到来。而传高就不一样了，他们人多势众，每个站点都有一群黑压压的传高学生。本来星高战队都不觉得传高人多会占什么特别的优势，但是比赛开始后，这种人数上的差距就变得明显了。无论是参赛者洛欣岚还是星高啦啦队，在传高校服的海洋里、在传高学生的助威声中，

都显得更为渺小了。

"传高是故意穿上校服来的!"洛子秋咬牙切齿地说道。

洛欣岚的心里也有点不舒服,传高人太多了,触目尽是传高的校服、传高对戚与云的助威和戚与云得意的笑。不过久经沙场的她没那么容易受影响,她和戚与云保持着相同的步调朝前跑。后来跑得无聊了,干脆戴上早已准备好的耳机听起了歌。她就不信传高的学生们有耐心全程三四个小时陪同加油。

果然,才一个小时,传高的人就走了大半,倒是星高战队的五人依然热情高涨。她们改变了原来的战略,四个人一起赶到下一个休息站为洛欣岚加油,一个人陪着洛欣岚跑。星忆风似乎是早就料到了这样的情况,为自己的料事如神得意扬扬。可是又过了一个多小时,星忆风也累了,虽说她们不用全程陪着洛欣岚跑完,但是骑自行车赶来赶去也是会让人疲惫的。唯一让她们欣慰的是,传高的学生已经所剩无几了,在人数上已经不占什么优势。

最后,终点已经近在眼前,洛欣岚和戚与云对视了一眼,是时候开始拼了。

戚与云先开始发力,她发出挑战的目的就是一雪前耻,自然要拼一点。洛欣岚在跑步这件事上,从来都是保持淡定的态度,她露出一个洛盈光教给她的"邪恶的微笑",也开始了最后的冲刺。

大家都看得出洛欣岚和戚与云已经很累了。在冬天的第一波寒潮中,两人大口喘着气,裸露在外的皮肤上全是汗

水，小腿肌肉已经紧绷到暴起了青筋。可偏偏又都是一副誓死不屈的样子，拼了命地朝前冲。才一会儿工夫，后发力的洛欣岚就已经追上了先发力的戚与云。洛欣岚的天赋已经显现出来了，她渐渐与戚与云拉开了差距，最终以两秒的优势获胜。

洛玉诀追上因为惯性多跑了一小段距离的洛欣岚，递上毛巾和水。洛欣岚跑了三个小时，身体承受了前所未有的压力，走也不是，坐也不是，拿着水瓶来回踱步，调整呼吸。戚与云除了肉体的痛苦之外，还承受着失败的阴影。她眼前发黑，感觉自己随时都会昏厥过去，虽然工作人员告诉她这个成绩对于职业运动员而言都已经算是很好了，她也还是失望透顶。

"心悦诚服。"温湛心神色淡然而有风度地抱拳说道。

"承让了。"洛玉诀也抱拳回道。洛玉诀作为洛班班长，在星子魔法高校中有着"武林盟主"一般的地位，而传奇魔法高校月出会老大温湛心也处于相似的位置。因此两人带着武侠小说中看来的"江湖风度"对礼。

卓少兼和星忆风就不一样了，代表着官方组织的二人互相吹捧，维护两校的和谐关系。

戚与云也终于承认了洛欣岚的水平在她之上，不过她不好意思说，只丢下一句"我终于知道上次那九秒钟是怎么来的了"就走了。

洛欣岚对话里的意思再明白不过，得意地笑着说："其实我还真是占了自己天赋的便宜呢！"她的运动神经特别发达，有时候天赋真的是成功的重要因素。

"天赋也是一种能力啊！"

"反正你跑得比她快！"

"不要谦虚了！"

星高战队的成员们十分配合地恭维她。洛欣岚听着有些飘飘然，一行人笑着返回了星子魔法高校。

只有星忆风除了疲惫之外什么都没有感觉到。今天来来回回折腾了将近四个小时，她相当地累。虽说星高和传高的斗争已经以星高的胜利基本告终，但这并没有给她带来什么欢乐。

这一切和她又有什么关系呢？星忆风想。无论星高和传高关系如何，她的生活也受不到影响。只有洛班总站在风口浪尖上，因为她们的班里有一群惹事的怪人。话说回来，今天获胜的到底是洛欣岚，而不是星班的某个同学。长久以来笑里藏刀的学生会工作也让她不免感到乏味了。星忆风突然觉得有些迷茫，她今天到底是去干什么了？

当日，学生会老主席星忆风彻底退隐的消息传遍了全校。

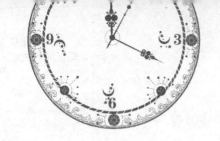

第十章
截　尾

萧老师的预测很准确，十点刚过，最内层的花瓣就以一种缓慢但是能被肉眼所见的速度轻轻打开了。突然间，花朵完全绽开，一个亮蓝色的火球升腾起来，但很快就消散了。

星棋汐天天盼着，盼着她那棵特洛斯奇能早日开花。特洛斯奇的植株生长很慢，时间过了两个月，还是只有巴掌高度不到的一点点可怜枝丫。上面挂着一些鲜红色的心形叶子，叶子大，植株小，可以清晰地数出来叶子的数量。不久前，星棋汐在树叶下发现了几个拇指大的花苞，自此，她就天天盼着它开花。因为冬天快来了，而特洛斯奇花朵中心的小火球可以用来烘手。

"天天看天天看，有意思吗？"星墨尹对于这种猴急的行为很是不屑，"萧老师不是说再过半个月才能开花吗？虽然我不是学草药的，但是我也知道多看两眼并不能加速植株的成长！"

"这你不懂！我的目光里满满的都是对这棵小植物的爱与关切！"星棂汐反驳道，"我相信，作为一棵有魔力的植物，作为一棵当之无愧的变异特洛斯奇，它一定能感受到我传递给它的爱的魔法！"星棂汐把双手拢到胸前摆出心形。

星墨尹笑了笑，也凑过去看棂汐的特洛斯奇，说："魔法少女恐怕也不能改变植物的生长周期吧！"

"但是充满魔力的生长剂可以！"星棂汐从课桌里拿出一个瓶子，里面装着鲜绿色的液体，她得意地晃了晃瓶子，"这可是早就停产的古老魔药！"

"这不是星菀婷从剪月姑娘那里带来的植物生长剂吗？"

"既然剪月姑娘那么神秘，那么我也有理由相信她的植物生长剂中也蕴含着神秘力量！"星棂汐搬起她的植物放在课桌上，点着花苞说，"一定是有用的，我觉得这个花苞不久就会绽放——咦？"她点着花苞的手指突然顿住了，嘴里发出惊讶的声音："我怎么觉得……这花苞真像是快开了的样子……"她虽然一直盼着特洛斯奇开花，但当她确确实实地看到了这半开的花苞时，她又觉得讶异。

星墨尹又凑过来，疑惑地说："这怎么可能，不是说还有半个月吗？"可是当星棂汐把心形叶子掀起来露出那个尖头已微微绽放的花苞时，星墨尹不得不相信了。

于是这个离奇的现象很快就传遍了全班，不过并没有引起很大的共鸣，因为大部分人对这棵诡异的喷火草都没什么兴趣。大概也只有星菀婷最为激动了："这果然是巫婆的后裔所调制的魔药！"她宣布自己最初的猜测是正确的，并逼

着星菀轩承认这一点。对于这个诡异的花苞，星菀轩也感到惊讶，但是她不觉得花苞的提前绽放完全是那瓶生长剂的功劳，可能还有别的因素影响着它的开花时机，也可能这个半开不开的形态会维持很长的时间。

　　无论如何，好学的星椲汐都要去问个明白。她在菀轩瞬移功能的帮助下搬着花盆去找萧老师。萧老师确定这朵花是要提前绽放了，并且推测开花时间在明晚十点左右。但是她也不清楚其中的原因。为什么这朵花会提前绽放？为什么这么多的花苞却只有这一朵提前绽放？弄不清楚。干脆也别弄清楚了。魔法世界里的未解之谜太多了，天知道是什么神秘力量导致这朵花苞提前绽放的。

　　"可能是被什么特殊的魔法磁场影响了。"萧老师猜测，"毕竟无论是特洛斯奇还是特洛斯塔，都很容易受到魔法磁场的影响而变异。"

　　第二天晚自习结束，星椲汐兴高采烈地把花搬回了寝室，想要一览花开的盛况。她拍着胸脯保证花开时喷出的火球不会把房子烧着，因为小型特洛斯奇的火球敏感而易碎，一脱离植物就会消融。所有人在确认自身安全之后也都答应了星椲汐的"赏花之约"，她们也都有点好奇特洛斯奇初次开花的样子。

　　那朵花的外围已经初步张开了，只剩下最里面的一层花瓣尚未打开。花朵周围热乎乎的，想必是花蕊处的火球造成的。萧老师的预测很准确，十点刚过，最内层的花瓣就以一种缓慢但是能被肉眼所见的速度轻轻打开了。突然间，花朵完全绽开，一个亮蓝色的火球升腾起来，但很快就消散了。

"怎么会……"星楒汐嘀咕着，"萧老师的那棵特洛斯奇，火球不是蓝色的啊……"

这时，一种神奇的感觉就弥漫了整个房间。

"……嘿，来自未来的朋友们，你们好！"眉如远山、眼若秋水的姑娘笑着说。

这个姑娘，是星菀婷和星菀轩再熟悉不过的了，她们第一时间惊叫起来："陶简凝！"

"等等，这又是一个回忆吗？"星于荨思绪混乱地问道。

"这肯定是！"星菀婷兴奋地喊着，"之前的回忆也是这样的！"

"可是我们这回并没有触发什么小字条啊！"星于荨追问。不过没人能回答她的问题。星于荨也发现了这一点，便压下所有的疑惑，专注地揣摩这段记忆。她仔细观察着周围的环境，陶简凝正走在一条街上，而且应该就是魔法镇内的街道。星于荨总觉得这条街看起来很熟悉，可是作为一个资深路痴，她也不确定自己的感觉对不对。毕竟这是几年前的景象了，很多建筑都变了。

陶简凝的手里搬着一盆特洛斯塔，她的特洛斯塔差不多有两个手掌那么高了，枝丫上有几颗尚未成熟的果实。特洛斯塔不像特洛斯奇那样需要很大的根部生长空间，所以花盆倒也不是很大，陶简凝搬得动。

"我们班已经从星子魔法高校毕业了！"她高兴地对着

空气说话，"现在，我们正在前往聚餐地点的途中！"

"陶简凝，你不觉得你在大街上自言自语有点傻吗？"乔珮笑道。

星于荨这才注意到，场景中不止陶简凝一人。她数了一下，陶简凝身边总共走着十个人，差不多整个班的同学都在。

陶简凝对乔珮笑笑："没关系啦，路人们会以为我在和你们说话。"然后她继续进行她的"视频录制"："魔法镇的著名酒楼酒巷深是齐另同学的舅舅开的，而我们此次聚餐的地点，正是酒巷深楼顶的全景平台！魔法镇的人一定都知道著名的酒巷深全景平台，就是那个！"陶简凝指着右手边的一幢建筑的顶端介绍道。

"什么酒巷深？什么全景平台？我怎么都不知道？"星于荨又感觉混乱了。

"我也没有听说过。"星子夜也承认。

星菀婷思索了一番，说："我好像……在哪儿听说过。"

"我也觉得见到过这些字眼儿。"星墨尹也发表看法。

但是其他人对此没有印象，大家也就不计较这些细枝末节了。

星于荨朝陶简凝手指的方向看去，那是一幢十来层高的建筑，建筑的顶端是一个很大的、玻璃围成的球状空间，玻璃反射着夕阳金红色的光，显得十分耀眼。这确实是一座很气派的建筑。

陶简凝又说道："这是散伙饭啊！这么有纪念意义的时

刻，一定要记录下来才好！”

记忆突然结束，她们的面前还是那朵刚刚绽开的浅粉色的花。

“太蹊跷了！太蹊跷了！”星菀婷大声喊道，“这段莫名其妙地冒出来的回忆，还有那个神秘的蓝色火球！这其中肯定有什么不可告人的秘密！”

“蓝色的火球，甚是可疑。”星棳汐托着腮，一副沉思状，“我觉得我明天应该去问问萧老师——咦？”她说到一半，往特洛斯奇看去，却发现花朵中间孕育着的小小火球是普通的火焰的颜色，一点蓝色都没带。可是刚才出现的那个火球，确实是蓝色的啊……她疑惑地看看大家：“刚才的第一个火球，的确是鲜蓝色的，对吗？”在大家确认这一点之后，她又开始疑惑：“那么为什么第二个正在孕育的火球不是蓝色的呢？喂，星墨尹，你在想什么？”她用胳膊肘捅捅正在专心思考的星墨尹。

“别烦别烦，我总觉得我在哪儿看到过‘酒巷深’这三个字。”星墨尹以一种认真的语气说。于是大家都安静下来，等着她想。几分钟后，星墨尹终于“噢”了一声，带着恍然大悟的表情打开手机，开始翻论坛的帖子，说：“我想起来了，我好像在学校论坛的什么地方看见过！就是在星高和传高打口水战的帖子里！”

“噢！”星菀婷也一脸豁然开朗地惊呼起来，“我记得，我好像还记得那篇帖子！”她也拿起手机开始翻论坛的

帖子。

星墨尹好像找到了，抬起头来："听听这一段：'到网上搜了一下，发现四年前星子魔法高校的应届毕业生中有一个班的人在参加毕业同学会的时候遇到火灾，去参加同学会的十一个人全都死了。看来星子魔法高校的学生不仅人品差，运气也不好。'"

"还附上了那条新闻的链接呢！"星菀婷也找到了那个帖子，并点开了那条新闻，"新闻里说，六月某日晚上八点，魔法镇酒巷深酒楼发生大型火灾，酒楼顶楼的全景平台因消防设施不到位，导致在此聚餐的十一人全部遇难……据悉，死者皆为星子魔法高校的应届毕业生……下面还有一张照片，我看看……哦，是死者生前发布在社交网站上的集体照！"星菀婷点开图片一看。"还真是他们啊！"她惊讶且惋惜地说。虽然照片上的同学们被模糊了面部，但星菀婷还是敏锐地发现这些人的衣着和刚才回忆里出现的同学们的衣着别无二致。

大家都凑过来看，十一个年轻的少男少女，在镜头前摆出各种搞笑的姿势。只有两个人例外，一个是双手抱着特洛斯塔的陶简凝，一个是站在人群边缘的齐另。

"警方推测火灾是因为酒巷深突然断电，一个伙计点燃蜡烛去配电箱查看后忘记将蜡烛熄灭，没有放稳的蜡烛掉在旁边的可燃物上引起的。据悉，这个伙计也在这场火灾中被一根砸下来的横梁结束了生命。"菀婷念道。

所有人面面相觑。

　　若不是熄灯时间到了，她们还会再谈下去。可迫于宿管大妈的威势，同学们只能暂时按捺下激动的心情，各自回去睡觉，直到第二天早晨才有机会再谈此事。

　　"我发现回忆里那个没来吃散伙饭的人是谁了。"一大早星梦渲就守在食堂里星班惯常使用的圆桌旁，每来一个人她都这么对对方说。

　　可是，她得到的回答通常都是："我也发现了。"

　　也对，只要你不是脸盲症患者，对比一下之前研究过数遍的陶简凝的记忆，通常都能找出那个没来的人是谁。

　　就是乔韵月啊。

　　星梦渲很不甘心，继续说道："有一件事你们肯定没有发现：星棂汐的那棵特洛斯奇和陶简凝的那棵特洛斯塔一定有点关系。"

　　"为什么？"星子夜一边剥着白煮蛋，一边问道。

　　"当然是因为——"星梦渲夸张地用手指在空中画圈，"直觉！"

　　星子夜不屑地把白煮蛋放进了酱油碟里："原来你是猜的啊！"

　　"星梦渲猜的没错。"星菀轩说，"我也觉得这两株植物之间有所联系。你们还记不记得特洛斯奇是如何产生的？"

　　圆桌前的数人茫然地摇头。

　　"那是因为你们不是学草药的。"星忆风说，"萧老师天天都在强调。"

"一定要把特洛斯塔和特洛斯奇搞得清清楚楚！这可是本学期的重点！"星棍汐学着萧老师的语气说。

菀轩说出了答案："一棵普通的特洛斯塔，如果在结果期经历一场有人死亡的火灾，它的果实就有一定概率瞬间成熟。而这些瞬间成熟的果实，就是变异植物特洛斯奇的种子。特洛斯奇无法结果，只能以这种方式出现。"

"萧老师还说过，无论是特洛斯塔还是特洛斯奇，都很容易受到魔法磁场的影响而变异。"星棍汐补充道，"我的特洛斯奇提早开花明显是受到了魔法磁场的影响。我觉得事情应该是这样的：陶简凝遇到火灾的时候，将特洛斯塔未成熟的果实作为记忆的载体，把聚餐前的一段记忆输入了果实里。结果期的特洛斯塔经历了一场有人死亡的火灾，它的果实瞬间成熟，变成了特洛斯奇的种子。而特洛斯奇的种子因为先前受到陶简凝的魔法影响也发生了变异，出现了一颗变异种子，也就是我拿到的那颗种子。我把它种出来后，先前潜伏在内的那段陶简凝的记忆随着花开而出现了。这也就是为什么那个火球是鲜蓝色的——那是受到了魔法影响的缘故。"

星菀婷猛地一拍桌子，问道："星棍汐，你的种子是萧老师送的，对不？"

"没错，萧老师说她的特洛斯奇种子是一个她教过的学生送给她的。"

"陶简凝树上的种子，怎么就到了萧老师那里呢？"星菀婷沉思着，"萧老师教过的学生……那个学生持有陶简凝的遗物，和陶简凝的关系一定很亲密吧？可是陶简凝班里的人全被烧死了，除了——"

"乔韵月！"

这么一想，乔韵月这个人身上还真是疑团重重。星菀婷严肃地思考着。突然，她扔下手中的筷子，叫道："星菀轩，快点带我瞬移去找萧老师！"

到了萧老师的办公室门前，星菀婷又不敢进去了。作为一个总爱惹事的学生，她对老师有一种莫名的畏惧。她讪笑着看看星菀轩，再看看面前的门。"你先进！"她怂恿道。星菀轩早就习惯了星菀婷的这种做派。她干脆地敲了敲门，然后就推开门进去了。

萧老师正盯着桌上的一盆植物托腮沉思。星菀轩清清嗓子："萧老师，我们有事找您。"

萧老师回过神来，茫然地抬起头来看着她们："什么事啊？"

"我们想问一下……星楼汐从您那儿拿到了变异特洛斯奇的种子，我们也想要。可是您这里已经没有了……您是从以前的学生那里得到种子的是吗？可以告诉我们那个人是谁吗？我们想去碰碰运气，看看能不能要到一颗变异特洛斯奇的种子……"星菀轩赶紧编了一个理由出来。星菀婷以崇拜的眼神看着她。

萧老师揉揉眼睛："哦，我的那个学生就在魔法镇上。知道潭间路的那家钟表店吗？她这段时间应该就在那里帮她

爷爷看店。那家钟表店叫什么来着……"

"剪月?"星菀轩猜测道。

"是的，就是这个。"萧老师点点头，"要不要我先打个电话跟她说一声你们要过去?"

"不用了，谢谢萧老师。"

"可是为什么?"办公室的门刚在身后关上，星菀婷就急切地向星菀轩发问，"剪月?难道剪月姑娘就是乔韵月吗?剪月姑娘怎么可能就是乔韵月呢?!剪月姑娘不是不会魔法吗?……还有，乔韵月是红发蓝眸，剪月姑娘的头发和虹膜都是黑色的啊……"

"你先安静一下，"星菀轩说，"既然萧老师这么说了，那么剪月姑娘想必就是乔韵月了。头发和虹膜的颜色是可以改变的，至于剪月姑娘说她不会魔法……"星菀轩思索了一会儿，说："乔韵月染黑了头发，改变了虹膜的颜色，又声称自己不会魔法……真相只有一个，她一定是被火灾的事情刺激到了，因而不愿意面对过去。"

星菀婷突然少见地想到了什么："那她找我们借书，不会就是想找以前陶简凝夹在书里的记忆吧?这么一来就好解释了：为什么她借的书都是差不多的类型，为什么她刚拿到书的时候显得很有兴趣，翻过一遍之后好像又很失望……可惜她要找的记忆好像已经被我们给拿走了……"

"我想，我们应该把这些承载回忆的字条交给她，说不定她能就此打开心结了。"星菀轩说，"高中同学都死于火灾，乔韵月把自己伪装成普通人恐怕也是为了忘掉这段经历吧。"

乔韵月无时无刻不想忘却这场将她的幸福狠狠撕碎的火灾，她染黑了红发，戴上了黑色的隐形眼镜，选择了一所远在北方的普通大学，试图将自己的魔法和过去三年的经历一同雪藏。整个暑假，她着了魔似的看书、看书、看书，从动人心弦的小说到艰涩难懂的科学著作，她什么都看，只要能让她暂时远离自己的故事就好。她一刻都不想在自己的故事里多待，因为那里除了悲伤什么都没有。

又是一个九月，她离家北上，开始了自己四年的大学生活。

可"忘却"这件事，似乎没那么容易。

那一日，当乔韵月从魔法镇火车站一路辗转赶到酒巷深楼下的时候，这座一度成为附近一带标志性建筑的酒楼只剩下了一个被大火熏黑的骨架。无遮无拦的窗户如同大张着的黑洞洞的嘴，仿佛要将人一口吞下去，乔韵月感到恐惧和恶心。

人们说，他们都死了，那十一个在顶楼聚餐的学生。

她应该算是幸运的吧，相较于他们而言。

前一晚她接到母亲出车祸的消息，连夜赶回了家乡。母亲的伤势并无大碍，是轻微骨折。她刚刚放下心来，就从同校同学那里听说了火灾的消息。于是，她再一次匆匆忙忙地赶回魔法镇，却只赶上了一个尾声。

乔韵月在班主任的陪伴下走进魔法镇的殡仪馆，穿过撕

心裂肺地哭泣的人群，她看到了十一个整齐排列着的棺椁——谁也认不出他们谁是谁了。

乔韵月颤抖着伸出手，想去抚摸昔日的同窗，却不知将手伸向何处。她全部的高中同班同学都死了，都不在了。乔珮的欢声笑语将永远停驻在她的记忆中，陶清幽许诺大学里将要写给她的信再也收不到了……还有陶简凝——她最好的朋友……她美丽的容颜再也不会变化了，她再也不会衰老了，自此，她只能存在于乔韵月的记忆中了……

乔韵月泪流满面，她的心像是被撕裂了一般，又好似有什么东西从她体内被生生挖去，整个人都空落落的。眼前的一切都渐渐失去颜色，直到变得如窗外的夜色一般黑暗……

等乔韵月的双眼再次看到光亮，已经是半夜时分，她躺在医院的病床上，一旁是眼睛通红正担忧地望着她的班主任。

那是一个无月的夜。

乔韵月没有着急离去，她独自一人在星子魔法高校曾经的宿舍里又住了一晚，独自一人在这他们共同生活了三年的地方缅怀她那些再也不会回来的同学。她谢绝了好心的班主任的陪伴——这几天的悲伤与疲惫也早已压得老师喘不过气来了。她流连在他们的教室里，在每一个座位上坐上半晌。她一遍遍走过校园的每一条路，无视为数不多的还没有离去的同学或同情、或担忧、或恶意揣测的目光。她感到一种深深的罪恶感，一种苟活于世的孤独，像是永不退却的潮水将她牢牢裹挟。

　　第二天，警方查证，火灾原因是配电箱旁的一根蜡烛点燃了旁边的可燃物。乔韵月没有多想，悲剧已经发生，至于怎么发生的又有什么关系呢？他们只是一群学生，不可能有仇人来寻仇，更不可能在这么快乐的毕业季自寻短见。只能怪他们太过贪杯，没有注意到来的危险。

　　但是原因重要吗？同学的辞世使她如离群的雁儿，她的思想也随之而去。一切都结束了！

　　鬼使神差地，乔韵月大学毕业之后又回到了魔法镇，她运用自己在大学里学的设计知识帮爷爷打点钟表店。钟表店改头换面了，爷爷便卖掉了旧城区的店面，把钟表店挪到了新城区的潭间路打算重新开业。爷爷让乔韵月给店铺起个新名字，乔韵月想了想，决定叫作"剪月"。

　　"是从李煜的《相见欢》中提出来的。"乔韵月解释道，"人生短暂，这剪不断、理还乱的离愁终究还是会被时间剪断，而月光是无法被剪断的。"

　　这个名字其实也是为了纪念她和陶简凝的友谊，"剪月"音同"简月"。

　　她把陶简凝留下来的特洛斯奇的种子和一棵被爷爷种出来的、因为乱喷火每年都被摘掉所有花苞的特洛斯奇送给了她高中的草药老师。

　　乔韵月无时无刻不在想念她的朋友。

　　有时候她想回星子魔法高校看看，可是又怕触景生情。而且她高中时的班主任也已经调离了星子魔法高校——可能

也是因为无法忍受每天触景生情的痛苦吧！回去看谁呢？

那天有两个星子魔法高校的学生来店里换一个坏掉的钟。看到熟悉的校徽，乔韵月突然想起了陶简凝在学校各处藏起来的记忆字条。陶简凝的记忆字条，她这里只有寥寥两三张，是以前陶简凝给她的。她多想再仔细看看曾经的那些岁月，多想回到她无忧无虑的生活里去。陶简凝把字条藏得很好，后来她才想到有一张被夹在图书馆的某本书里。那是一个冬天，她和陶简凝为了更好地完成作业，在图书馆找有关自然系魔法的书，陶简凝突然掏出一枚书签，笑着对她说这是她非常珍贵的一份记忆并把它夹到了书里。

于是乔韵月叫住了那两个学生，请她们帮自己借书。她依稀记得那本书好像是《自然系魔法概论》。

书被借来了，里面并没有什么字条。莫非是《自然系魔法的历史》？还是《月系魔法持有者的两条命》？不会是《这些人的星座系魔法一鸣惊人》吧？

没有，什么都没有。乔韵月找到的唯一东西就是失望。没过多久，她发现她原有的一张陶简凝的记忆字条也不翼而飞了。

后来那两个女高中生再次找到了她，手里还拿着一个文件夹。她打开文件夹，里面用回形针仔仔细细地固定着八张字条，上面是熟悉的笔迹。

"实在是不好意思，上次拿走了你的书签。"一个女生道歉。

"书签掉地上了，我本来捡起来想还给你，可是揣在兜里忘了!"另一个女生急忙辩解。

"你是乔韵月吧？我们在学校里发现了这些字条，我们觉得这些应该由你来保管。"

乔韵月静静地看着这些字条，她颤抖着双手拿起了最上面的那张，把手指按了上去。霎时间，她的泪水一下子涌了出来。她一边流泪，一边看完了这些回忆，班里每个人的形象都和她记忆中的一模一样……

原来，她从未忘却。

第十一章
招生考试周

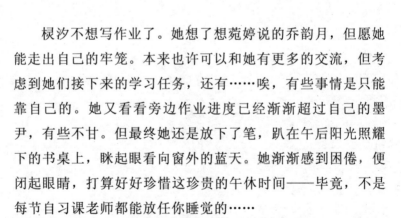

随着一声尖厉的呼啸，一只大鸟擦着树梢飞过。巨大的阴影把仅剩的光斑都给盖住了。大鸟张着尖尖的嘴，向梦渲和露渲的方向猛冲。

　　椋汐不想写作业了。她想了想菀婷说的乔韵月，但愿她能走出自己的牢笼。本来也许可以和她有更多的交流，但考虑到她们接下来的学习任务，还有……唉，有些事情是只能靠自己的。她又看看旁边作业进度已经渐渐超过自己的墨尹，有些不甘。但最终她还是放下了笔，趴在午后阳光照耀下的书桌上，眯起眼看向窗外的蓝天。她渐渐感到困倦，便闭起眼睛，打算好好珍惜这珍贵的午休时间——毕竟，不是每节自习课老师都能放任你睡觉的……

　　"咳咳！喂！喂！"广播突然发出的巨响把椋汐吓得浑身一震。声音来自政教处的穆老师，听起来，他正在不断拍打着话筒以检查性能。

　　"嗯，好——下面我们利用午休时间给高三学生们开一个简短的广播会……"班级里整齐地响起了把笔放在桌子上的清脆的嗒嗒声。即使是菀轩，也没打算在这种情况下奋笔疾书。

"同学们，明天，西陵魔法大学的老师就要在我校开展一次为期一周的提前招生考试。这次考试方式很特殊，是通过你一周内的表现和随时随地的抽测来决定考试成绩的……"

咔嚓咔嚓，椵汐躲在桌面上的书堆后面偷偷地吃蛋奶圆饼。就着广播的巨响，椵汐吃饼干的清脆声响连她自己都几乎听不见。星墨尹睁一只眼，闭一只眼——因为类似的事情她自己也没少干过。

"……是的，这次抽测不是传统的笔试，也算不上面试。大家要注意自己平日里的言谈举止。明天早上我们在操场上举行升旗仪式，欢迎西陵魔法大学的老师……"

星菀婷一直在睡觉，连广播的巨响都没有把她吵醒。她的同桌星忆风这会儿终于把她给叫醒了。

"……西陵魔法大学是一所优秀的魔法高等学校。你们高中毕业后若是想继续深造魔法，那里几乎是最好的选择……"

"这次考核优秀的同学分为两个等级：最优秀的几名可以保送进西陵魔法大学，并且减免一半学费；另外一些优秀的同学可以保送，但是不能减免学费。剩下的同学，高考还有一次进入那所学校的机会……"

"无聊啊无聊！"星梦渲摇晃着椅子，"你说是吧，小秤

子？"她看看星露渲，却发现她在课桌底下偷偷看小说。

"我都没想到可以这样！"星梦渲也拿起一本小说看了起来。

"……好了，就是这样。更详细的情况班主任会说的。谢谢收听！"广播结束。星梦渲合上刚打开的小说，嘟囔着："这不逗我呢……"

干锅鱼一直没来。星忆风跑出去找她。不久后，星忆风先回来了，她的手里抱着一摞五颜六色的宣传单。她把这些宣传单放到讲台上。这个时候，干锅鱼也走进了教室。

"这些宣传单都是与魔法相关的各种专业的介绍。"干锅鱼指指讲台上的一摞宣传单，"待会儿下课可以去看看。如果你以后想要从事魔法方面的工作，就要选择好自己的职业，争取考上一所魔法大学，在大学里，结合自己向往的职业来选择专业。"

听她这么一说，同学们看向那些宣传单的眼神里都多了些好奇。

"这一周内，一个巨大而特殊的魔法磁场会覆盖我们学校。磁场内发生的一切都会被记录在案。你们一周内的表现就是这次考核的内容！"

菀轩有点担心。若是理论知识，她相信自己完全可以达标。但是这"表现"是什么意思？

"这一周内，你的理论知识、实践知识，甚至还有人品都会列入考查范围之内。理论知识的复习是不可或缺的。"干锅鱼鼓励地看看星菀轩，"如果你正在食堂吃饭，突然有同学无意间问你'你觉得大幻花和小幻花哪一种更适合种植'，你不要当成是开玩笑，一定要像考试时一样认真回答。还有，这一周食堂的菜品对高三学生是免费的——"干锅鱼话还没说完，欢呼声就四起了。干锅鱼笑了笑："天下怎么会真的有免费的午餐呢？事实上，食堂的菜品在这一周内将以答题的方式售卖。答题是闭卷式，不允许询问别人。越贵的菜对应的问题的难度越高；一顿饭内回答的题目的难度也会增加。"星玄枫暗暗握拳——这是商机啊！她表面上好像听得很认真，其实已经把她的课本拿在手里了。她决定这一天要恶补理论知识！

干锅鱼讲完了，午休也结束了。大家都向讲台拥去，好奇地翻看着这些传单。

传单的颜色各异，不同的颜色代表不同的课程，而这个课程就是教授这个专业最重要的知识。比如气象学最重要的课程就是占星，所以传单是黑色的。再比如医学，对这一专业来说，草药学和基础魔法理论同样重要，于是这张宣传单便一半为绿色，一半为紫色。然而设计的人肯定没想到，绿色和紫色使得这张传单看起来像个大茄子。

虽然这些专业的名字看起来和普通大学的专业没什么两样，但其实质内容是不同的。拿气象学来说，普通的气象学是把大气当作研究的客体，从定性和定量两方面来说明大气的特征，集中研究大气的天气现象和变化规律，以及预报天气。而魔法气象学可以预测到更久以后的天气，甚至能预测天灾。但是因为魔法人才稀缺，气象学的研究已经停滞不前很久了。

大家看宣传单的时候，多半是挑自己擅长或喜欢的课程看。干锅鱼说不管你以后愿不愿意从事魔法方面的职业，都要先学好几门课程备用。若是以后找不到工作，还是可以重返魔法界的，魔法界会给你分配稳定的工作——毕竟这年头魔法人才稀缺嘛！

星子夜很迷茫，她好像没有特别喜欢的课程。不过她比较擅长魔药，于是她专找深蓝色的宣传单看。这类传单不是很多，星子夜一张一张翻看着。制药学？她不感兴趣。古代魔药研究？这个还可以，记下来……但在这些专业中她最终并没有找到自己特别喜欢的。

"咦？那个玩具生产学好像还不错……"星梦渲好奇地拿着一张白色的单子，"啊，不过好像很无聊，往成批成批的物品上施加魔法而已……"

"梦渲你忘啦？我们很多年以前不是约好了长大一起开咖啡店的吗？"露渲拍拍她的肩膀，"只要灵活运用我们所学的魔法，一定前途光明！所以我们也没必要看这些。"

"我只是好奇……"星梦渲东看看西看看，每张宣传单看上五秒钟就丢在一旁。

一会儿工夫，很多同学已经初步有了自己的计划。但是下午来上第一节课的西老师却很不高兴，因为讲台上摊满了传单，却没人收拾！！

第二天醒来之后，大家都感受到了魔法磁场的存在。那是一种诡异的感觉，没人能够描述出来。大家还发现自己的手腕上出现了一颗血红小痣，按它，手腕上方就会悬浮出一个银蓝色的屏幕。小屏幕上只有一个数字——0。

校长在升旗仪式上顺便介绍了这种新型的计分方式。根据你一周内的表现，这个计分器会公平地计算出你的分数。上面显示的数字就是你的分数，而分数是评判的重要依据。广场上还有一个巨大的屏幕，上面有二十个格子，这是积分排名。这些格子目前还是空的，出现得分后，名次就会出来了。这次来到星子魔法高校招生的，是一位老先生。老先生仙风道骨，像是武侠小说里的世外高人。他只发表了非常简短的宣言，就下了台，搞得校长怪尴尬的。

校长继续介绍这个星期学校里添加的几个特殊场景。这些场景的设置是为了提高考试的公平性和拉开考生的差距，学生在特殊场景下的表现也是考查内容之一。

第一个场景是任务大厅。顾名思义，这是领取任务的地方。任务按照难度分为红橙黄绿青蓝紫七个等级。紫色任务最简单，红色任务最难。完成的任务越难，得到的积分就越多。任务大厅也提供兑换服务，你可以在这里用积分兑换完成任务所需的特殊道具。对了，这一个星期之内，高三学生也只能用积分兑换小卖部的东西了。

第二个场景是绝谷。这是一个深深的谷底，里面有许多危险的野生动植物。不过每个学生都有一枚召唤令牌，每使用一次，就会有人来救你。但要是三次机会用完了，你也就只能退出招生考试了。

第三个场景是落月森林。落月森林几乎没有什么危险，

只是迷路的可能性比较大。想完成这里的任务，你必须动脑筋。

校长介绍完三个场景后，大家都散了。

回教室的时候，星子夜抬头看了看蓝天，头顶上悬浮着巨大的数字——168：00。突然，数字变成了167：59。星子夜猜测这个数字是七天的倒计时。

星子夜的下一节课是魔药课。她快速收拾好东西，就赶到了魔药教室。

这节课的任务是把上节课做了一半的陶然香完成。陶然香是一种迷药，可以麻痹人的运动神经，却同时让人保持五感敏锐。陶然香发明于十八世纪初期，当时这种药的名字叫作"陶然颠是非"。根据传说，把水、陶然香药粉和另一种东西混合在一起，可以产生一种让人乱说话、看起来像疯子的药水。不过这种秘方已经失传了。在后来的演变中，陶然颠是非被简化成了陶然香。

星子夜只花了一半的上课时间就完成了。锅里细碎的粉末散发出一股草药的香味。五分钟后，药粉逐渐冷却，香味也没了。

这时，她感到手腕上微微一震。她查看一下积分，发现积分已经从0变成了5。计分器把课堂上的表现也计算进去了。原来这系统随时随地在工作。

星梦渲和星露渲正在任务大厅挑选任务。这两人深知自己成绩不好，想要依靠课堂表现赚积分怕是不易，还是通过做任务赚积分成功的可能性大一点。两人一致选择了绝谷，毕竟完成落月森林的任务据说要动脑子，而她们认为自己最不擅长的就是动脑子。但是在选择任务难度的时候，两人起了争执。星梦渲一定要选择最难的红色，她认为既然只是考试，最难的任务也不会难到哪里去，并且一下就能赚到100分啊！露渲则倾向于选择绿色，她认为选个中间值最为保险，总得先试探试探难度。最终她俩总算达成一致意见——选择黄色级别。

黄色级别的任务中，她们挑选了深入白蚁巢，取回白蚁巢内部的一块宝石。但是当她们查看任务详情的时候，发现这个任务需要一把特殊的铲子才能完成，这把铲子可以用20积分兑换。这"价位"不算特别贵，但问题是——梦渲和露渲身上1积分也没有。再翻翻同等级别的其他任务，无一例外都需要购买道具才能完成。于是做黄色级别任务的计划搁浅。露渲翻找着绿色任务，终于找到了一个不需要道具的——拿到朝圣树的飞果的果核。

于是两人乐呵呵地接受了任务，被传送进了绝谷。

绝谷比她们想象的大很多。四周幽深阴冷，气氛诡异。附近除了她们以外，一个人都没有。梦渲竟有些害怕。

其实这个任务只需要小心翼翼地找到那棵树，拿到果核就可以了。只要安安静静地做任务，是不会招惹到别的野生动物的。可是，梦渲和露渲一向闲不住。

此刻，幽深的森林让梦渲心生恐惧，几乎草木皆兵。

"你说这像不像是恐怖片里的场景啊。"露渲轻轻地在

梦渲耳边说道。这时，一阵阴风正好刮起，吹得梦渲起了一身鸡皮疙瘩。

风吹过林间发出一阵呼啸声，草木摇动。草地上投下几个经过层层枝叶阻挡的光斑，草丛边蛰伏着一只小指粗的红蜈蚣。

随着一声尖厉的呼啸，一只大鸟擦着树梢飞过。巨大的阴影把仅剩的光斑都给盖住了。大鸟张着尖尖的嘴，向梦渲和露渲的方向猛冲。露渲想躲入树丛，不料梦渲已经一边惊恐地尖叫，一边狂奔了，露渲只好跟上。

那大鸟原本只是路过，梦渲的尖叫却吸引了它的注意。它改变了主意，在梦渲和露渲身后追追停停，好像在玩什么游戏。大鸟的追逐让星梦渲吓得快把魂给丢了，她尖叫着，似乎这样就能减轻内心的恐慌。

"别叫啦！"露渲朝她高声喊道。这一分心，露渲差点迎面撞上一棵大树。露渲急急避开，锲而不舍地继续喊："星梦渲别叫啦！别叫啦！"

星梦渲心里又急又怕，嘴上尖叫个不停，根本没听见露渲在喊什么。但她最终还是闭嘴了，因为刚才一只虫子直接撞进了她的嘴巴，于是尖叫声被她拼命吐出虫子的"呸呸"声取代了。大鸟还在追逐，露渲和梦渲却渐渐跑不动了。大鸟越追越近，越追越近。露渲跑得嗓子眼儿里充满了血腥味，她用嘶哑的嗓音向梦渲喊："时间停止啊！快用时间停止啊，你个笨蛋！"

"我我我我忘了！"梦渲又急又累，都快哭了。她平日里运用魔力得心应手，此刻却手忙脚乱。

露渲都快被这不靠谱的队友气疯了！她只好硬着头皮说："找个地方先停下来，我帮你挡一阵子！"

最终两人停在了一个树木比较茂密的地方，希望大鸟不要追过来。但是，大鸟还是敏捷地跟了上来。

此处的树虽然高，但是树叶不多。大鸟正盘旋在露渲的头顶，梦渲急忙试着把气喘匀，好施展魔法。星露渲看着大鸟火红的腹部，认出来了它的品种。"这是赤腹鸟！"她说道。突然，手腕传来一阵轻微震动，她一看，积分从0分变成了2分。应该是她对大鸟品种正确的辨识给她加分了。但是情势不允许她走神！就在她低头查看的时候，大鸟迅速俯冲，尖嘴张开，像是要吃了她。星露渲急忙往旁边一躲，快速地从树丛里找出一根很大的树枝。树枝足足有两个露渲这么高，末梢还带着好多侧枝和叶子。但是情况危急，容不得她挑选了。她奋力抬起树枝。

树枝好重，露渲根本举不动！于是她趁着大鸟两次攻击之间的空隙，把树枝中段变脆，把前一段掰了下来。她拿着只有一人高的后半段，和大鸟对抗。

大鸟一次次俯冲，星露渲拼命用树枝去阻挡大鸟的尖嘴。当梦渲终于暂停了时间的时候，露渲已经伤痕累累。她手臂上有一道从胳膊肘一直延伸到肩膀的细长伤口，手上也有多处擦伤，但她还是感到很快乐。星露渲跌坐在地上，一开始阴冷的感觉随着她的打斗而消失得无影无踪了。她笑着看看手腕上的积分："嘿，我已经有11分啦！"

梦渲听罢，也看看自己的手腕，但她很失望："啊，我只有2分……"

"大概是你没有及时使用魔法的缘故。"

"不不不，大概是我没有和大鸟直接对抗的缘故。"

"是赤腹鸟啦！"露渲一边处理自己的伤口，一边说。梦渲的用词让她想起了自己是如何得到第一个积分的。这赤腹鸟不是必学的动物，只是上变形课的时候老师曾提到："据说有一个外国魔法师曾经把赤腹鸟变成了仙人掌，这可是跨物种变换，理论上是不可能实现的……知道赤腹鸟吗？是一种红肚子的大鸟哦！"老师只提到了一次，但是星露渲却记住了。是不是说明她其实还是很聪明的呢？星露渲的血沿着手臂往下流，但她不仅没有感到担忧，反倒感到了自豪。是赤腹鸟，赤腹鸟啊！她因为对抗了赤腹鸟，给梦渲争取了时间而得到了9分哦！

她们一边整理，一边往前走。躲到一个树洞里后，梦渲解除了时间停止。赤腹鸟找不到人，就飞走了。

误打误撞地，她们查看地图，发现距离朝圣树越来越近了。星露渲用没受伤的那只手和梦渲击了个掌，好像已经成功了那么开心。

很快，她们找到了朝圣树。朝圣树的树干十分瘦长，侧枝只长在魔力充沛的一边，长在树顶的飞果在不停飞动。星梦渲自告奋勇要来爬树，因为她也想赚到积分，而露渲受伤了也不适合爬树。

于是星露渲就在树下等着，星梦渲则放下背包，准备爬树。

下面的一半距离她是一鼓作气爬上去的。在这个高度上，朝圣树的枝干很少，梦渲竟然徒手爬上去了。

毕竟是绿色级别的任务，不可能很简单。梦渲吃力地往上爬，突然，她遇到了阻碍——一个大鸟窝挡住了她的路。

此时的梦渲已经爬得很高了，她所在的树干只有完全张开的手掌那么粗，她不敢贸然从侧枝绕路。鸟窝里有一只看似很凶的鸟（星梦渲很郁闷，她今天怎么总是遇到鸟？她都快和忆风一样患上鸟类恐惧症了！），其实这倒不是问题所在。她只要用时间停止，鸟就对她构不成威胁。只是这个鸟窝阻碍了她的移动，如果直接踩过去，鸟窝一定会塌掉，如果绕过去……梦渲瞟瞟下方——她已经爬了七八米了，她可不敢冒着掉下去的危险绕过去。但是，她不想毁掉鸟窝呀……

星梦渲和那只鸟大眼瞪小眼，过了很久，星梦渲也没想到上去的方法。她心一横，在心里对鸟儿说了声抱歉，就打算捣毁鸟窝。

正在她伸出手时，她听到下方传来一阵噼里啪啦的声音，声音很快就蔓延到了她抱着的那截树干。她警惕地查看着，发现面前的树皮都产生了裂痕，不少松软的树皮直接剥落了。低头一看，露渲朝她挥挥手。哦，原来是露渲对整棵树施加了魔法，把整棵树上的东西都给变坚硬了。她扒一扒那个鸟窝，果然，鸟窝的材质变得极其坚硬，足以承受她的体重。她对露渲比了个剪刀手，借助时间停止爬了上去。

在两人的配合下，星梦渲最终爬到了树顶。她用时间停止摘下到处乱飞的飞果，就直接往下跳。露渲已经把这一块地面变软了。梦渲跳下去，就像是落在了一块大果冻上，毫发未伤。可是，星梦渲又犯难了，这飞果果核怎么取出来呢？

梦渲想起于老师在课堂上提到过："飞果是朝圣树的果实，有巩固魔力、防止能量流失等功效。"这飞果是个好东西，能吃！于是星梦渲把飞果啃了个干干净净，留下果核。一看积分，刚才爬树已经让她有了 10 分。露渲也在原来 11 分的基础上多了 3 分。

上交果核之后，她们每人又得到了 40 分。不过她们发现一件很沮丧的事情——那个飞果果核也可以是掉在树下的那些现成的果核。也就是说，她们特意爬树摘果子，还把果肉吃掉，完全是多此一举！

午饭时间是十一点半，但是今天玄枫却提前去食堂了。因为上午的最后一节课老师让学生们自由活动了，所以玄枫得以提前来到食堂门口。

"现在是上午十一点零九分，我，星玄枫在星子魔法高校食堂门口。"星玄枫这样自言自语。天上的云比以往要多一些，阳光恰到好处，食堂今天中午的菜品刚刚挂出来。玄枫站在门口也看得清楚食堂内部那油亮亮的地板以及地板中央立着的一整排答题器。

答题器做成了门的形状，中间可勉强挤过一个人，旁边

是一串按钮。玄枫已经看过食堂门口的告示了，她知道，想要吃饭，必须在答题器上回答问题，回答正确的越多，获得的食物也越多。

此前，玄枫几乎不分昼夜地看课本，不停地复习每门学科的知识。此刻，应该能派上用场了……

星玄枫深吸一口气，走到一个答题器前，按下了开始按钮……

屏幕上跳出一行字：

请选择答题模式，第一种，选择菜品，回答相应题目；第二种，回答题目，兑换相应菜品。

玄枫选了第二种。

屏幕上的字变了：

第一题：自然系魔法现存三大类别是什么？

"光系，月系，星座系。"星玄枫回答。

星子夜漫无目的地闲逛，她想去接个任务，又担心找不到人组队。但她最终还是向任务大厅走去了。碰碰运气吧！她想。一阵风迎面吹来，吹乱了她精心梳理的刘海。今天的风儿甚是恼人。

任务大厅门口，她遇到了刚刚出来的星露渲和星梦渲。星梦渲的衣服又乱又脏，她的头发也乱得不成样子。露渲更甚，她身上还满是擦伤，手臂上有一道长长的伤口，血液还没完全凝结。但是两人看上去都很开心。她们看到子夜，也像往常一样热情地打招呼。

"怎么了？"星子夜指着露渲的伤口，"怎么弄的？我陪你们去医务室看看吧。"星子夜的眼神中满是担忧——她一向如此，对任何事都很关心。

"没事没事！"露渲赚了一大笔积分，正乐呵着，"我出来的时候才发现，我这点伤根本不算什么！"

不算什么？这么说还有人伤得更重？星子夜有点好奇，又觉得这种好奇很对不起那些受伤的家伙。但她还是忍不住问："是不是还有伤得更重的？"

"是啊！"这次说话的是星梦渲，星梦渲瞪大眼睛，神神秘秘地看着星子夜，"我跟你说，你别不信，这绝对是真的！有个人手指都断了，拿着自己的半截手指，好可怕！还有个人整张脸都是肿起来的！还有两个人腿都瘸了……"星梦渲所说的这些人，都是刚刚完成任务的人，他们显然都选择了绝谷。

"不管怎么说，你最好还是去一下医务室。"星子夜看看露渲的胳膊，"伤口一旦感染可就不好了。"

于是，她们便向医务室走去。拐过下一个拐角就是医务室了，她们都加快了脚步。在拐弯的时候，她们差点撞到两个男生，一个耷拉着手腕（好像是脱臼了），一个肿着一条腿，互相搀扶着从医务室的方向走过来。星子夜只认得手腕脱臼的是凌班的班长凌时，她跟他们打了个招呼。

凌时看看星露渲受伤的胳膊，说："别去医务室了，没用！"

怎么会这么说呢？星子夜还没反应过来，就听到星露渲

一声吼："啥？没用？？我校医务室医生的水平不是很高的吗？怎么连这种小伤都处理不了呢？"

那个子夜不认识的男生说道："到医务室治疗要花积分的！可贵了！我的腿只是肿了，居然要30分！凌时的手腕要60分才能接上！我们做任务总共也没赚那么多啊！如果你们有积分，那就去花吧！我估摸着治疗这手臂至少要30分！"

梦渲和露渲还处在震惊中，星子夜却对凌时说："不就是手腕脱臼嘛，我也可以接。"她小的时候手腕也脱过臼，那个时候，大人用力把错位的关节推回原位就好了。

"你行吗？"凌时狐疑地看着长相柔弱的星子夜。

"难道不是把关节推回原位就可以了吗？"

"理论上说是这样没错……但是这需要很大的力气，并且还要方向精准……反正我们高中生应该是不行的啦！"另一个男生说，"我们打算去沉老师那里碰碰运气，说不定有什么治疗的魔药。"

他话还没说完，就听到一声脆响，回头一看，星子夜捏着凌时的手腕，已经把手腕接回去了。她还疑惑地说："这很难吗？"

凌时痛得龇牙咧嘴，不过好歹手腕已经没事了。另一个男生惊讶得下巴都快脱臼了，他想：这个人真的是女生吗？力气真大……

不过遗憾的是，露渲不能去医务室治疗了，因为她舍不

得花掉辛苦赚来的积分。好在她的伤口已经结痂，她回到宿舍，翻出酒精涂了涂，也算应付过去了。

其实，医务室也并不是那么不通人情！如果是不治疗会造成残疾的伤势，医务室还是会无偿治疗的。不过可别动歪脑筋，别为了免费治疗小伤而寻思着自残，自残可是要扣积分的！别以为校方是那么好糊弄的。

星子夜呢？她原本乱如杂草的思绪突然间辟出了一条清晰的小径……不过，现在已经是饭点了，她便往食堂走去。

奇怪，食堂的正门口冷冷清清，墙边倒是围着一堆人。

星子夜跑过去，想看看是怎么回事。学生们争着往里挤，人堆的最中间传来一个熟悉的声音。

"哎哎，别急，别挤！排好队啊，先到先得，先到先得！"

咦？这是玄枫的声音！星子夜愈发好奇，随着人流往内圈挤。终于，历经千辛万苦，她的目光越过黑压压的脑袋，看到了玄枫。玄枫的身边站着槿熙，面前是一张普通的课桌，上面并没有什么东西。

这是什么情况啊？星子夜疑惑。这时，一个同学突然凑了上去："我要一份肉蒸蛋，半碗米饭！"

"好嘞！一共是七块钱！这是你的菜，请拿好！"玄枫笑眯眯地收钱，槿熙则从结界里掏出了一碗肉蒸蛋和半碗米饭，递给那个同学。

星子夜好像有点看懂了，但并没有完全理解当前的情况。她在人堆里，努力想找到一个认识的人。

　　星子魔法高校的学生比较少，高三年级一共也只有七十二个人。经过两年多的时间，星子夜也认识了一小半。她很快就找到了一个认识的家伙——天璇儿。

　　天璇儿平日里看上去凶巴巴的，但她很乐意告诉星子夜现在是什么情况。

　　"你们班的星玄枫，在答题器那里疯狂地答题！太牛了！要知道，每个人每一天在食堂回答的问题可是会越来越难的！可是她回答了那么多，换来了好多菜！没有答对题目，或者不想去答题的人，就用钱从她那里买啊！不过卖了这么久，她的菜估计也卖完了吧！"

　　果然，天璇儿的话音刚落，星玄枫就发话了："同学们，我毕竟不是学霸，个人能力有限！今天我的菜已经售罄，实在是不好意思，请大家明天再来吧！"

　　天璇儿问星子夜："你们班的玄枫是不是学霸啊？还说自己不是学霸，鬼才相信！不是学霸能答出这么多题目吗！"

　　"可是她在我们班学习成绩只是中等水平啊……"星子夜自己也很疑惑。

　　星子夜不知道的是，星玄枫在得知这次考核之后就一刻不停地泡在课本和难题中了。果然，功夫不负有心人，她的努力没有白费。

　　可惜现在星玄枫食品有限公司已经关闭，星子夜只好乖乖地答题吃饭。

　　现在是午休时间，星槑汐和星墨尹正在任务大厅选任务。

　　她们两个一致选择了落月森林的橙色任务。实际上，上午她们已经来落月森林做了一个紫色任务和一个蓝色任务，自认为已经摸清了规律。她俩一个会飞，一个会读心术，都是防御性魔法，去绝谷会很危险，很可能用掉三次救命机会而退出考试。

　　她们接受的任务是：寻找散落在森林里的魔方残片。魔方被分成二十七个残片（其中二十六个是魔方块，另一个是中心转轴），分别藏在森林的不同角落。找到一个残片得5分，若全部找到并把它们拼成魔方还能额外得到5分。

　　她们很快就被传送到了落月森林内部，地图上会粗略地显示每一块碎片的大致位置。

　　她们朝着最近的一块碎片走去，很快就走到了范围圈内。但是接下来该怎么办呢？这个范围圈是一块草地，别说树了，连灌木丛都没有！这怎么藏东西啊？两个人大眼瞪小眼。

　　终于，槑汐说话了："这魔方碎片是大是小呢？"

　　星墨尹想起小学时玩过的微型魔方，一整个魔方不过拇指大。如果她们要找的魔方碎片是从这种小魔方上拆下来的……那也太难了吧……

　　想到有这个可能，她们就把地上稍微大一点的几株草也翻了一遍。但是转念一想，如果这个魔方碎片和草是一样的颜色，并且还很小的话，那么就算直接扔在草地上，也很难

注意到吧！想到这里，她们开始仔仔细细地对草地进行地毯式搜索。

可惜，依旧无果……

星棁汐又说话了："不如我们放弃任务，挑个简单点的？"

星墨尹摇头，接任务后，她们可是花了30积分买道具呢！要是现在放弃，那不是折本了吗？

对啊，那个道具呢？！

两个人急忙把道具翻出来。

道具是一个像放大镜一样的东西。星墨尹把放大镜放在眼前，向周围看了一圈，却发现透过镜片看到的世界都是黑白色的。

"你朝上朝下看看啊！"星棁汐建议，恨不得自己来看。

于是星墨尹拿着道具朝上下看看。上面没有什么，可是当她往地上看的时候，却发现视野中出现了一个红点。她让星棁汐用道具看，棁汐猜测这个红点就是魔方碎片的位置。

我当然是知道的，我并不是询问你，只不过想给你看看罢了！星墨尹这么想。

于是两人看向红点所在的位置，地上却什么都没有。

那么……就是埋在地下咯？

两人面面相觑，地下？天知道这块魔方碎片埋得有多深！更何况她们手头连个挖掘工具都没有啊！

于是两人撸起袖子去拔草。

这草根长得忒深了！两人手都磨破了，才扯断了一两

根。不过，在小小的土坑里，她们居然发现了魔方碎片！

两人从此就像是被幸运女神眷顾了一样，接连在树洞里、石头边发现了两块明显的魔方碎片。现在她们一共有三块碎片了。但是这还不够，还没赚回成本呢。但是她们的好运似乎用光了，弯弯绕绕好不容易找到两个藏宝地，居然都要破解谜题才能拿到碎片！一个谜题是五道"一笔画"的题目，两人通过了前四关，却对着第五关傻眼了。另一个谜题嘛……她们根本看不懂题目是啥意思……

"我是不是太蠢了……"星椋汐把眉毛皱成了横断山脉。

"想必我也是一样蠢的。"星墨尹紧锁的眉头成了青藏高原。

两人只好赶往下一个范围圈去碰碰运气。一路上都是森林，鲜有空地。落月森林环境清幽，风景绝佳。两人加快脚步，一路沉默地往前赶路。

半路上，她们遇到了天班班长天奈。天奈正喜滋滋地看着计分器，原来，她刚刚完成了最难的红色任务。

星椋汐和星墨尹面面相觑，眼下这个橙色任务就已经把她俩搞得焦头烂额了……

两人最终还是做了赔本买卖，中途放弃了任务。她们看了一眼大门处的积分排行，天奈位居第二，而第一是……

星子夜！

她们揉揉眼睛，又重新看看高高在上的大屏幕，再三确认，那确实是"星子夜"三个字，没错，她们班的那个家伙确实是暂时上了排行榜第一位！

两人再次面面相觑，今天一整天她们面面相觑的次数比之前一个星期的还多。

话说眼下江湖闻名的星子夜同学并没有意识到自己的积分已经高到把自己卷进了舆论的中心。她正独自坐在魔药教室里，配制着各种各样的药水。教室门外是一阵喧闹，有几句话传到了星子夜耳中。

"这儿是在干吗？"

"人家还在配药呢，先等等！"

"不就是配药吗？我也是学魔药的，来来来，你们来找我啊！"

"人家这是治疗的医药，课本上没有的！再说你这水平，就算给你方子你也弄不出来！"

星子夜心里窃笑，却装出淡定的样子。

起止血、化瘀、愈合作用的药的配方都很简单，老师上课也是提到过的。只不过别的同学都只是听听，星子夜却把这些配方记全了。于是在关键时刻，星子夜就成为了备受推崇的偶像。

星子夜把锅里澄清的药水灌到小瓶里，端出门去，说道："左边止血，右边愈合，要的排队，人人有份！"

同学们有序地排着队，他们一个个都是在做任务的时候受伤的。因为伤不重，医务室不给治或者要用积分才能治，他们便都跑到星子夜这边了。星子夜本来个子就高，眼下站在人堆前左拨一瓶，右拨一瓶，活像个悬壶济世的菩萨。

星子夜再一看计分器，积分在噌噌噌地长，满意地笑了。尽管她并不知道她的积分已经暂时排名年级第一了。

她暗暗一想，自己真是太机智了，简直堪比答题挣钱的星玄枫啊！她得意地笑笑，继续回去熬药了。

星玄枫心里纳闷啊！她答题答多了其实也是有积分的啊！但是，她忘了自己已经换了很多饭菜，又用饭菜换了钱。而星子夜熬药是无偿的，被积分系统默认为人品高尚的表现。

但像星子夜那样另辟蹊径得到高分的毕竟是少数。绝大多数人都还是认认真真地上课，做任务。事实证明，对于升学考试来说，脑力比体力更有用。那些主要靠体力完成的任务的积分就比靠脑力的要少。其实你只要上课认真，不做任务也可以得到很高的积分。

比如星菀轩同学，她平时略显孤僻，也不大愿意去做任务，但是——她还是把星子夜挤下了积分排行榜第一的位置。凭什么？就凭她课堂测验得分高，作业正确率高，举手发言积极。在之后的几天里，经常排名年级前十的几名学霸都大显神通，把悬壶济世的星子夜挤下了积分排行榜前几名的宝座。星子夜的排名开始往后掉了。

七天的考核终于结束了，提前招考的结果也出来了。星班有三个人入围，只不过这三个人都只入了二等——保送入校，学费原价。

这三个人中，一个是大家意料之中的，两个是意料之外的。意料之中的是星菀轩，她在二等中排名很靠前。意料之外的，一个是星槿熙，她竟取得了一个不错的分数；另一个是星子夜，她拿了二等的最后一名，和后一名没有入围的只差了1分！这把星子夜惊出一身冷汗。

不过这三个人的选择，又有两个在意料之中，一个在意料之外。意料之中的是子夜和槿熙都选择了保送入学，以后往魔法界发展；意料之外的是星菀轩拒绝了保送，她的理想是去当一名记者，往传媒方向发展。

第十二章
就算依然时续时断

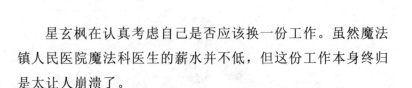

"我想写一部悬疑小说，来收集现实素材的。"星棂汐回答，"事情是这样的，一辆诡异的车子撞塌了梦露咖啡馆的半堵墙，撞伤了店里的一名顾客。最为诡异的是，那辆车里一个人都没有！"

星玄枫在认真考虑自己是否应该换一份工作。虽然魔法镇人民医院魔法科医生的薪水并不低，但这份工作本身终归是太让人崩溃了。

星玄枫考入了西陵魔法大学，主修魔法医学。虽然这个专业很适合她，但毕业后可选择的工作却不多。最终，她被调来了魔法镇人民医院，成了一名魔法科医生。

魔法科是专为治疗魔法造成的伤痛设立的科室，但大部分人似乎都没有认识到这一点。

几乎每天都会有绝症患者的家属冲进她的办公室，抱着她的腿，求她用魔法去治病，星玄枫总是要解释半天才能把对方劝走。还有些人明明没病却过来挂号，只是为了看一看魔法科是干什么的。星玄枫不胜其烦。

这天，她正在办公桌前喝咖啡，突然听到了敲门声。然后，一群人挤了进来。

这场景让她想到上个星期十几个绝症患者家属求她去画符纸、跳大神的那段经历。她吓坏了，猛地从座位上跳起来："不好意思，我不是巫医！"

"你当我们闲着来砸场子吗，星玄枫？"星墨尹掏出她的刑警证件甩在星玄枫的桌子上，"请配合警方的工作！"

星玄枫有点蒙。

接着，第二张证件被甩到了星玄枫的桌子上，这回是交警证件。星菀婷从星墨尹的背后跳出来，说："星梦渲和星露渲开的那家梦露咖啡馆被一辆诡异的车撞毁了半堵墙，店内有人受伤了。"

"可是为什么你们来了这么多人？"星玄枫讶异地问道，"星槿熙，你来干什么？"

星槿熙解释道："受伤的是我班里的学生。"

"逃的是我教的课。"星子夜从门口挤了过来，"她的伤口有魔法的痕迹，很奇怪。人已经在病房里了，伤不重，只是因为牵涉到刑事案件，所以各方都很关注。你要去看看吗？"

星玄枫摆摆手："等等，先跟我说明一下情况。魔法伤口不了解具体情况是没法治的——还有，扛着摄像机的那谁，能出示一下你的证件吗？没有记者证是不能在魔法科乱

拍的。"

星菀轩和她扛着摄像机的同事来到星玄枫面前，星菀轩出示了自己的记者证。

"如果你想了解事情的经过，我可以把我收集到的情报告诉你。"星椴汐拿着纸笔一本正经地说。

"为什么今天你们都来了？"星玄枫惊讶地问，"星椴汐你又是来干什么的？"

"我想写一部悬疑小说，来收集现实素材的。"星椴汐回答，"事情是这样的，一辆诡异的车子撞塌了梦露咖啡馆的半堵墙，撞伤了店里的一名顾客。最为诡异的是，那辆车里一个人都没有！"

"你们是在逗我吗？"星玄枫遇到这么奇怪的事件，一下子有点反应不过来。

"刚才车上的收音机里还报道了这回事呢！就是星雪落主持的那个电台节目！"

十个了，星玄枫数了数。高中的同班同学们几乎全被牵涉进了本次事件，这是什么日子啊？！她放下咖啡杯，说："走吧，去看看伤者。"

一进病房，她就看到了坐在病床边的星忆风。今天是同学聚会吗？她讶异极了："星忆风，你也被牵扯进来了吗？"

"受伤的是我表妹！"

十一个，还差一个星于荨。难道老天把我们重新相聚是要有什么事发生？怀着开玩笑的想法，星玄枫问："怎么不见星于荨啊？"

　　没想到她的玩笑还真的得到了认真的回应。星墨尹说：
"她还在协助录口供呢！"

　　"她也在警察局工作？"

　　"不，她是小语种翻译。目击者中有个外国人，除了星于荨，谁都听不懂他在讲什么。"

　　"不好意思，打扰一下。"一个清晰而陌生的声音从门口传来，"我是魔法协调部的成员，特意前来了解本次事件。"

　　众人纷纷回头，乔韵月身着深蓝色工作制服，双手斜斜地插在上衣口袋里，火红的头发在阳光下看上去简直如火焰般耀眼。